**3**

ORC HERO
STORY
# 오크영웅이야기
## 촌 탁 열 전

# Donzoi

## 돈조이

생사불명인 상태였던 배시의 전
현재는 도반가 공의 투기장에서
강요당하는 노예 오크.

나한테도 자존심이라는 게 있다고?

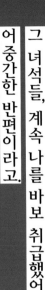

그 녀석들, 계속 나를 바보 취급했어.

어중간한 반편이라고.

# Primera

## 프리메라

드워프족 대장장이. 휴먼인 어머니와
자신의 대장장이 기술을 형제자매에게
인정받기 위해 『무신구제』에서 우승을
목표로 하고 있다.

# Characters

ORC HERO STORY

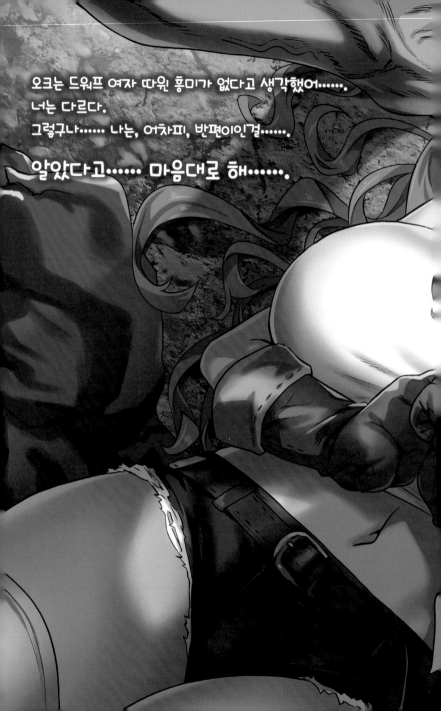

오크는 드워프 여자 따윈 흥미가 없다고 생각했어…….
너는 다르다.
그렇구나…… 나는, 어차피, 반편이인걸…….
알았다고…… 마음대로 해…….

ORC HERO STORY 3

# CONTENTS

## 제3장 드워프의 나라 도반가 공 편

3
리후진 나 마고노테
illustration
아사나기
Rifujin na Magonote
Asanagi
오크 영웅 이야기
촌탁열전
ORC HERO
STORY

일러스트 — 아사나기

촌탁: 타인의 심정을 헤아리는 것, 또한 헤아린 상대에게 배려하는 것.

(출처: 프리 백과사전 『위키피디아(Wikipedia)』)

## 도반가 공 편

Episode Dobanga

# HERO

ORC

# 제3장

## 드워프의 나라

Dwarf country

TORY

# 1。 프러포즈가 아니다

도반가 공(孔).

그것은 시와나시 숲을 북쪽으로 빠져나가면 있는 린드 산의, 거대한 세로굴의 이름이다.

이 세로굴은 오거 흉악 전사 구구고라와 드워프 왕자 봉고봉고가 싸웠을 때, 너무나도 큰 충격으로 화산이 폭발하며 생긴 거대한 구멍이었다.

폭발로 봉고봉고는 전사, 전투는 오거가 승리했다.

그 후, 세로굴은 오거가 영지로 접수해서 오거의 전선기지『린드 요새』가 되었다.

일곱 종족 연합은 그 요새를 발판으로 네 종족 동맹을 침공하여 다수의 전장에서 유리하게 싸웠다.

하지만 그런 요새도 이윽고 함락되었다.

그것을 해낸 것은 어느 드워프 전사였다.

그는 드워프 전사단을 이끌고 정면으로 요새를 공략. 오거 장군과 일대일 대결로 끌고 가서 그를 타도. 요새를 점거했다.

요새 공략을 달성한 드워프.

그의 이름은 드라드라도반가라고 한다. 그렇다, 후에『드워프의 전귀(戰鬼)』라 불리게 되는 드라드라도반가였다.

그 후, 세로굴은 드라드라도반가의 영지가 되어『도반가 공』으로 명명되었다.

배시와 젤은 도반가 공으로 이어지는 가도에 있었다.

"보이네요."

눈앞에 펼쳐진 린드 산의 각지에서는 하얀 연기가 뭉게뭉게 피어오르고 있었다.

마치 산 전체를 삶는 것 같았다.

물론 자연의 광경이 아니다. 드워프의 마을이 저 산에 있는 것이다.

드워프는 거의 모든 주민이 대장장이, 한 집에 하나씩 공방이 있다. 산에서 뿜어 나오는 연기는 그 공방의 연기였다.

"그립군. 자주 헤맸던 곳이다."

드워프의 마을은 개미굴처럼 뒤얽혀 있다.

산에 정착한 드워프는 광석을 마구 채굴하며 산을 구멍투성이로 만드니까.

각각의 주민이 제멋대로 산에 구멍을 낸 결과, 마을은 미로가 되고 요새로 변한다. 휴먼 등은 내구성에 불안을 품으며 무너지는 않을지 안절부절못한다는 모양이지만 드워프는 건축의 귀재이기도 했다. 실제로는 지표면에 지은 휴먼의 가옥보다 훨씬 튼튼했다.

배시도 몇 번인가 이곳 도반가 공에서 벌어진 전투에 참가했다.

하지만 떠오르는 것은 헤매던 기억뿐이었다.

"어? 당신이 헤맨 적이 있다고요?!"

젤의 기억으로는 그렇지도 않았다.

배시는 언제든 헤매지 않고 야영지로 돌아왔다.

"그래, 이곳에서는 항상 헤맸지."

한 번 들어가면 사흘은 못 나오고, 외부와 연락도 취하지 못하고, 산발적으로 벌어지는 전투로 부대는 뿔뿔이 흩어지고, 떨어진 전우의 생사조차 알 수 없는 전장에서 계속 싸울 수밖에 없었다.

힘겨운 기억이었다.

"허—, 항상 아무 일도 없이 돌아왔으니까 구조를 완전히 파악했다고 생각했어요!"

"그럴 리가 없지."

물론 배시가 구조를 파악한 것은 아니었다.

헤매고 또 헤매느라 배도 고파서, 아무리 그래도 이래서는 힘들겠다고 판단한 배시는 벽을 파괴하고서 외부로 탈출한 것이었다.

도반가 공은 산에 존재하는 이상, 어디에 있든지 비스듬히 위를 향해서 계속 파다 보면 언젠가 밖으로 나올 수 있었다.

참고로 그에 따라 심각한 붕괴를 일으킨 적도 여러 차례였다.

그래서 드워프는 배시를 『파괴자』라고 불렀다.

"최근에는 드워프의 마을도 정비되어서 쉽게 알 수 있는 길이 마련되었어요!"

"그런가?"

"이곳으로 오기 전에 한 번 봤을 뿐이지만요. 옛날에는 개미굴 같았는데 거주 구역과 번화가로 딱 나뉘어 있어서 경악했거든요! 번화가는 굉장해요, 술집이 열 곳 정도 죽 늘어서 있다고요! 그리고 가게가 안으로 이어져 있어서, 드워프들은 끝에 있는 가게로 들어가서는 반대쪽으로 나오는 거예요! 무슨 사다리도 아닌데 말이죠!"

"그건 기대되는군. 괜찮은 술을 찾을 수 있다면 좋겠다만."

드워프 정도는 아니지만 오크도 술을 좋아한다.

창조성이 전혀 없어서 모든 것을 다른 종족으로부터 빼앗아 생활한다고까지 일컬어지는 오크이지만 술은 스스로도 만든다. 드워프의 술과 비교하면 흙탕물이나 마찬가지이지만 오크는 그것을 뒤집어쓰듯이 마신다.

배시는 물론 오크 중의 오크다. 당연히 술도 즐긴다.

매일 밤, 젊은이에게 여성 편력 질문을 받지는 않을지 두려워하면서도 술집에 갔을 정도로는.

드워프의 술을 마실 수 있다면, 그런 기대로 가슴도 부푸는 것이었다.

"신부 쪽도 찾을 수 있다면 좋겠네요."

"……뭐, 그렇군."

하지만 사타구니 쪽을 말하자면 봉긋함이 부족했다.

"어쩐지 영 기운이 없네요, 당신. 무슨 일 있나요?"

"음, 그렇게 보이나?"

"당연하잖아요! 내가 당신을 얼마나 봤다고 생각하나요! 당신의 안색을 살피는 것에 대해서는 세계 최고라고 자부해요! 다만 애석하게도 나로서는 상대의 마음을 읽는 기술은 못 써요! 그러니까 당신의 표정은 읽을 수 있어도 마음속 깊은 곳까지는 못 읽는다고요! 자, 대체 무슨 일인가요? 나한테 말해봐요, 대단한 일이 아니더라도 누군가에게 이야기하면 후련해지기도 하니까요!"

"음, 사실은 말이다……."

그렇게 배시가 속마음을 이야기하려던 그때였다.

"너 말이지!"

"이거 놔, 놓으라고!"

갑자기 앞쪽에서 누군가 말다툼을 벌이는 소리가 들렸다.

무슨 일이냐며 시선을 향하자 길 앞쪽에는 다리가 하나 있고, 그 다리의 중앙 부분에서는 엘프와 드워프가 대치하고 있었다.

"우와, 어쩐지 험악한 분위기네요……."

"어쩔 수 없지."

엘프와 드워프는 사이가 나쁘다.

숲을 개간해서 연료로 삼는 드워프와 숲을 사랑하고 숲에게 사랑받는 엘프는 정반대, 양립할 수 없는 존재인 것이다.

"어라? 하지만 어째 다투는 느낌은 아닌 것 같네요."

하지만 가까이서 봤더니 분위기가 조금 이상했다.

엘프와 드워프가 다툰다기보다 드워프 사이의 분쟁을 엘프가 곤혹스럽게 지켜보는 느낌이었다.

"그러니까 그렇게 남의 힘으로 어떻게든 하려는 시점에서 안 된다고!"

"그럼 어쩌라는 거야! 내가 만든 검을 내가 들고 싸우라고?! 자기는 이름 있는 전사를 고용해놓고서!"

"그런 소리가 아니잖아!"

배시와 젤이 더욱 다가가자 상황이 명백해졌다.

아무래도 드워프 여자 둘이서 말다툼을 벌이는 것 같았다. 한쪽이 다른 한쪽의 팔을 붙잡고 드워프 나라 쪽으로 잡아끌고 있었다.

다른 한쪽은 그에 반항하며 강아지처럼 버텼다.

"좀 더 자신의 대장장이 기술을 갈고닦으라는 말이야!"

"충분히 갈고닦았어! 너희보다 훨씬 좋은 무기를 만들 자신이 있어!"

"그런 말은 검을 천 자루는 더 만든 다음에 해!"

"필요 없어! 무신구제(武神具祭)에서 증명할 거야!"

"아아, 정말! 말귀를 못 알아듣네! 지금 너한테는 무리라고 소리야!"

"그렇지 않아! 언니가 방해하지만 않으면 나는 우승도 할 수 있다고!"

팔을 붙잡은 쪽은 우락부락하면서도 키는 작고 뭉뚱한 코, 사나운 표정으로 다른 한쪽에게 으르렁댔다.

얼굴은 옆으로 넓고, 이마도 넓고, 입이 큰 데다가 손도 컸다. 의자에 책상다리로 앉아서 거칠게 으하하 웃을 것 같은, 전형적인 드워프 여자였다.

"……."

그것을 보고 배시는 실망했다.

'역시…… 드워프 여자는…….'

배시가 드워프 나라에는 술만 기대하는 이유.

그것이 바로 이런 드워프 여자의 외모였다.

드워프 여자가 취향에 맞지 않는 것이었다.

물론 단아할 필요는 없다.

하지만 보아라, 저 풍채를. 마치 웃는 암석 같지 않은가.

암석에 욕정을 품는 오크가 과연 이 세상 어디에 있을까.

물론 배시로서는 동정을 버릴 수만 있다면 상대는 누구라도 상관없었다.

드워프 여자도 외모는 그다지 취향이 아니지만 리자드맨이나 킬러 비 정도로 아예 포기할 정도는 아니었다.

하지만 배시도 남자다.

가능하다면 외모가 취향인 상대에게 버리고 싶었다.

"어? 뭐냐, 너는…… 오크?"

그런 배시의 시선을 느꼈는지 드워프 여자가 그의 존재를 알아차렸다.

고개를 든 그녀는 명백하게 찌푸린 표정이었다.

"여행자다."

배시는 담담한 태도로 그렇게 말했다.

드워프의 나이는 알아보기 어렵지만 이 드워프 여자는 그다지 나이를 먹지 않았다.

사나운 표정이기는 하지만 전체적인 위압감은 그다지 크지 않고, 언행도 날카롭지 않았다. 역전의 전사는 아닐 것이다. 전쟁이 막 끝난 이 시대에 역전의 전사가 아니라면 그것은 젊은이를 의

미한다.

　다만 팔 두께를 보면 다소나마 단련한 것은 알 수 있었다.

　장래가 유망한 젊은이, 그런 정도일까.

　"추방자 오크인가?"

　"추방자가 아니다. 내 이름은 배시. 어떤 것을 찾아서 여행을 하고 있지. 드워프의 나라로 들어가고 싶다."

　"어떤 것, 이라고?"

　여자 드워프는 배시의 얼굴을 빤히 봤다.

　그리고 핫, 웃더니 턱으로 길 저편을 가리켰다.

　"……그럼 마음대로 지나가라고."

　"뭐라고?!"

　그렇게 놀라서 소리 높인 것은 엘프 경비병이었다.

　아름다운 여성이었다.

　엘프답게 호리호리한 몸이면서도 허리에는 굴곡이 있고 엉덩이도 여성스러운 곡선을 그렸다.

　금발을 땋아 내렸고 어쩐지 꽃향기가 났다. 아무래도 기혼자인지 머리에 하얀색 꽃을 장식한 것이 아쉬운 부분이었다.

　그런 그녀는 배시를 보고 세 걸음 정도 뒤로 물러났다.

　아무래도 이 엘프, 오크와의 전투에 참여한 적이 있는지 배시를 보고 얼굴이 굳었다.

　얼굴도 아름답고 겁먹은 표정도 매력적이다. 끌어안는다면 틀림없이 좋은 냄새가 나고 감촉도 최고일 것이다.

　"오크라고?! 괜찮나?! 그렇게나 간단히 들여보내도!"

"상관없어…… 뭐, 내가 정할 일은 아니겠지만, 애당초 드워프는 너희 엘프랑 다르게 딱히 입국에 제한을 둔 것도 아니거든. 지명수배를 당할 법한 악인만 아니라면 누구든 환영이야. 아니면 너, 지명수배당할 법한 녀석이냐? 드워프의 나라에서 나쁜 짓이라고 저지르려고?"

그런 드워프 여자의 질문에 배시는 고개를 가로저었다.

"아니다."

"그럼 됐어. 우리나라에서 원하는 걸 마음대로 찾아보도록 해."

"세상에…… 너는…… 오크가 어떤 종족인지 모르는 거냐……?"

엘프가 전율이 담긴 표정으로 그렇게 말하자 드워프 여자는 또다시 핫, 웃었다.

"나도 알아. 오크는 말이야, 드워프 여자한테는 요만큼도 흥미가 없다고. 실제로 거기 형씨도 내가 아니라 너만 보잖아."

"윽!"

엘프 병사는 자신의 몸을 꽉 끌어안고는 한 걸음 뒤로 물러났다.

배시는 천천히 그녀에게서 시선을 뗐다.

확실히 이 엘프도 아름다운 여성이었다. 눈길이 가버리는 것도 어쩔 수 없는 일이었다.

반면에 드워프 여자는 역시나 암석 같았다.

보고 있어도 매력적으로 느껴지지는 않았다. 끌어안더라도 그대로 힘겨루기가 벌어지기만 할 것이다.

어쩌면 전장에서 전사로서 겨룬다면 심상치 않은 승부가 될지도 모르겠지만, 그 승부 다음에 신부로 데려가고 싶다는 생각은

들지 않았다.

"오크 형씨가 정말로 좋아하는 엘프로 가득한 마을 쪽에서 오더니 드워프의 나라로 들어가고 싶다잖아. 무언가 어지간히도 중요한 뭔가를 찾는 거겠지. 엘프의 나라에서 여자를 찾는 것보다도 훨씬 중요한 거, 말이야."

"······뭐, 그렇군."

군이 말할 필요는 없는 일이지만, 배시의 목적은 여자를 찾는 것이었다.

신부를 발견해서 동정을 버린다, 그를 위한 여행 중이었다.

솔직히 말해서 그것은 엘프 쪽이 낫다.

다만 이 부근에서 유일하게 엘프가 살고 있는 시와나시 숲의 마을에서, 이 마을에서는 목적 달성이 불가능하다는 이야기를 들었으니까 드워프의 나라로 찾아온 것이었다.

드워프의 나라인 도반가 공에서는 엘프의 나라와 비슷한 일이 벌어지고 있다나.

엘프의 나라에서는 결혼이 유행이었다. 드워프의 나라도 그렇다면 기회는 있다고.

그런 유일한 정보에 의지해서 와봤지만, 역시나 실제로 본 드워프는 결코 취향이라고 하기는 어려웠다.

그렇지만 배시도 긴 전쟁에서 살아남은 남자.

영원하다고도 할 수 있는 전쟁 중에는 드워프와 전투를 벌인 적도 있었다.

그런 경험을 바탕으로 드워프 중에도 오크 기준에서 미인이 있다는 사실은 안다.

그것은 휴먼이나 엘프와 비교하면 몇 단계는 떨어지고 절대적인 숫자 역시 적을지도 모른다. 하지만 배시의 취향인 여자는 반드시 있을 터.

그 여성을 얻을 수 있다고 여겨지지는 않는다. 하지만 기회는 있다.

그러니까 기대하지는 않더라도 가려는 것이었다. 작디작은 그 기회를 찾아서.

"냉큼 지나가. 여긴 지금 좀 복잡하니까."

"그러도록 하지."

배시는 그렇게 말하며 그녀 옆을 지나가려고 했다.

그때 문득 조금 전부터 그녀가 붙잡고 있는 상대의 얼굴을 봤다.

'음!'

아름다웠다.

머리카락 색깔은 드워프 특유의 독특한 빨간색이고 눈썹도 두껍지만 생김새는 옆의 여자와 전혀 닮지 않았다.

아름다운 곡선을 그리는 콧대, 투명하고 파란 눈. 날씬하다고까지 그럴 수는 없겠지만 그래도 곡선을 그리는, 휴먼 같이 늘씬한 인상이 있는 팔다리……

드워프치고는 조금 키가 크고 가슴도 컸다.

그야말로 미소녀라고 부르기에 걸맞은, 배시에게는 취향 정중앙인 소녀였다.

'설마 드워프 중에 이런 수준의 여자가 있다니!'

배시는 걸음을 멈췄다.

드워프의 나라에서 무엇이 유행하는지는 모른다. 솔직히 말해서 기대하지는 않았다.

하지만 이만한 여자가 있다면 이야기는 달랐다.

얼른 들이대고자 배시는 머리를 굴렸다.

'분명히 엘프 때는……'

기억을 더듬어서 구애를 위한 행동을 생각했다.

휴먼의 나라에서는 몸을 청결히 하고 미스테리어스하게, 그러면서도 남자다운 모습을 보여준다.

엘프의 나라에서는 번쩍번쩍 목걸이로 부를 과시하고 엘프의 복장으로 프러포즈를 한다.

양쪽 모두 실패로 그쳤지만 잘못된 방법은 아니었을 터.

드워프의 나라에서는 어떠한가. 어떤 관습이 있나…….

'실수했군. 이럴 바에는 젤한테 미리 들어둘 것을 그랬나…….'

설마 입구에 이만한 미녀가 있을 줄은 몰랐기에 정보 수집을 게을리 했다.

'생각해보면 정보 수집을 게을리했을 때는 잘 풀린 적이 없었지. 전우인 돈조이가 전사한 것도 그랬어. 이곳 도반가 공에서, 역시나 정보 수집을 게을리했다가 전장에서 벗어나고, 그대로 녀석은 돌아오지 않았다……. 그것만이 아니야, 그건 자리코 평지 전투, 그곳에서도──.'

배시가 복잡한 표정으로 고민하는 사이,

"있잖아! 거기 당신! 전사지?! 그것도 틀림없이 명성이 있는 전사로 보여!"

소녀가 외쳤다.

배시를 보고서, 필사적인 모습으로.

"그렇다, 그게 어쨌다는 거지?"

배시가 질문에 순순히 대답하자 소녀의 얼굴에 환하게 꽃이 피었다.

그리고 입에 담았다.

운명의 말을, 배시가 예상도 하지 않은, 하지만 계속 듣고 싶었던 말을, 가련한 목소리에 실어서…….

그렇다, 그것은,

"내 투사가 되어줘!"

프러포즈였다.

# 2. 소녀의 굴욕

도반가 공은 배시가 마지막으로 봤을 때와는 무척 달라진 모습이었다.

우선 시야에 들어오는 것은 입구였다.

크게 입을 벌린, 거대한 터널이 만들어진 것이었다.

높이는 삼 층 구조의 성 정도, 가로 폭은 마차가 넉넉히 세 대는 함께 지나갈 수 있을 정도.

그런 터널이 떡하니 입을 벌리고서 구멍 안쪽까지 이어지는 것이었다.

마치 이것이 드워프 마을의 대로라고 그러는 것처럼.

"……젤한테 듣기는 했지만, 드워프는 무척 개방적이 되었군."

드워프는 폐쇄적인 종족.

적어도 다른 종족에게는 그렇게 여겨진다.

어두운 동굴과 금화를 좋아하고, 하루 종일 자기 공방에 틀어박혀서 무언가를 만들고, 가끔 외출하는가 싶으면 술, 술, 싸움. 엘프와 다르게 배타적이지는 않지만 무뚝뚝하고, 완고하고, 배려는커녕 설명도 하지 않는다. 자신들이 좋다면 그것으로 충분하다. 당연히 마을에 커다란 입구를 만들어서 외부의 방문자를 환영하는 일도 없다.

그런 종족이라고.

"개방적? 무슨 소리야?"

대답한 것은 조금 전에 붙들려 있던 소녀였다.

그녀는 만류하려는 드워프 여자한테서 도망치듯이 이곳으로 배시를 데려왔다.

"이 터널 말이다."

"이 터널이 어쨌다는 거야?"

"어쨌다고 물어도 말이다……."

얼버무리는 배시의 말을 이어받듯이 옆에 있는 페어리가 떠들어댔다.

"아니아니, 그야말로 이 터널, 참으로 『웰컴』이라는 느낌이잖아요! 이제까지 가본 드워프의 마을은 어디가 입구인지 알 수 없는 곳이었으니까요! 이만큼 입을 쩍 벌리고서 기다리는 곳이라면 내가 아니더라도 이끌려서 안으로 들어가 버릴 거라고요!"

"아, 저거 말이지…… 저건 딱히 드워프가 만든 게 아니야. 전쟁이 끝나기 조금 전에 벌어진 전투에서 데몬이 멋대로 한 짓이지."

"아, 들은 적 있어요! 『드반가 공의 마신포(魔神砲)』!"

그것은 배시를 포함한 오크들이 시와나시 숲을 방어하던 무렵.

이곳 도반가 공 역시도 격전이 거듭되고 있었다.

오거와 하피 혼성군을 거느린 데몬 장군이 도반가 공을 되찾고자 맹공격을 가했던 것이다.

병력은 부족하고 보급은 끊어져서 승리 따위는 바랄 수 없는 와중에 공세…….

누가 보더라도 무모한 돌격이었다.

하지만 데몬 장군에게는 비책이 있었다.

『마신포』라 불리는 병기였다.

레미엄 고지 결전에서 사용되었을 터인 그 무기는, 데몬 왕 게디구즈의 죽음과 함께 넘겨져서 도반가 공에서 사용되었다.

마신포는 특이한 결전 병기다.

포탄이 되는 것은 사람의 영혼. 포 뒤쪽에 설치된 제단에 산 제물을 바치면 바칠수록 위력은 강해진다. 최대로 충전된 마신포는 그야말로 결전 병기가 부르기에 걸맞을 만큼의 위력을 지닌다. 결코 낮지 않은 산에 터널을 뚫을 정도로.

결론부터 말하면, 그 일격이 제대로 드워프군에 적중했다면 도반가 공은 현재 드워프족 소유가 아니었을지도 모른다.

어쩌면 전쟁은 조금 더 이어지며 배시는 동정을 버렸을지도 모른다. 아니, 그것은 아닌가.

여하튼 이미 마신포가 사용된다는 정보를 얻은 드워프군은 시원스럽게 요새를 포기하고 후퇴.

마신포 일격을 쉽게 회피한 뒤, 공세에 나서서 데몬 장군을 무찔렀다.

드워프답지 않은 현명한 선택이라고, 그렇게 말하는 자도 있다.

싸움이 벌어지면 도망치지 않고 두꺼운 갑옷과 무거운 검으로, 정면으로 맞부딪치는 것이 드워프다.

그들에게 회피라는 것은 겁쟁이의 증거였다.

하지만 드워프는 동시에 기술자이기도 했다.

유출된 정보를 바탕으로 마신포가 어떤 기술과 컨셉트로 제작되고 어느 정도의 위력을 가졌는지를 시뮬레이트하는 것도, 드워프가 가진 어떠한 장갑으로도 그것을 견뎌낼 수 없다고 깨닫는 것도 그리 어렵지 않았다.

알고서도 덤벼들 만큼 그들은 어리석지 않았다.

이리하여 드워프는 전투에 승리하고, 거대한 가로굴이 뚫린 도반가 공을 무어라 형용할 수 없는 표정으로 올려다보게 되었다.

드워프는 산을 구멍투성이로 만들면서도 결코 무너뜨리지 않는다.

그런 프라이드를 기반으로, 마신포로 뚫린 구멍도 보강하여 깔끔하게 정비해서 마을로 삼았다.

대로가 한 줄기 있는 마을은 드워프의 입장에서 보면 안정적이지 못한 구조이지만 다른 종족에게는 대체로 호평이었다.

"자, 이쪽이야. 따라와."

그렇게 만들어진 대로는 활기로 넘쳤다.

드워프가 철을 두드리는 소리를 배경으로 다양한 종족이 돌아다니고 있었다.

특히 많은 것은 드워프와 비스트족.

휴먼은 적고 엘프의 모습은 거의 보이지 않았다.

특이한 점은 그것만이 아니고 리자드맨이나 킬러 비 같은, 일곱 종족 연합인 종족의 모습도 보인다는 점일까.

"음."

그때 배시의 눈이 한층 더 커다란 남자를 포착했다.

검붉은 피부에 삼 미터 이상의 거대한 키, 체구에 걸맞게 바위 같은 근육과 망치 같은 턱.

"오거까지 있나."

본 적이 있었다.

저것은 레미엄 고지 결전에서 함께 싸운 전사였다.

이름은 고르고르.

『철의 거인』이라는 이명으로 알려진 남자였다.

"아, 이제 곧 무신구제니까. 그것도 올해는 이제까지와 다르게 규모가 커. 장인들도 진심이라 각국에서 맹자를 모으고 있거든."

"그렇군."

배시는 그 무신구제라는 것이 어떠한 축제인지는 몰랐다.

하지만 축제 경험은 있었다.

데몬 왕 게디구즈가 건재하던 무렵에는 매년처럼 축제가 진행되었다.

오크 축제는 각 씨족장이 모여서 잔치를 연다. 그리고 그 자리에서 각 씨족의 전사가 선출되어 누가 가장 강인한지 겨루는 것이다. 몸싸움으로.

축제 때에는 다른 종족에 속한 자들도 잔뜩 방문했다.

그들은 몸싸움에 참가하지는 않았지만…… 뭐, 무신구제도 비슷한 내용일 것이다.

"여기가 내 집이야."

소녀는 어느 골목으로 접어들었다.

그 앞은 어스름하고 복잡하게 뒤얽힌 모습을 볼 수 있었다. 구부러진 길과 경사와 계단과 갈림길. 배시가 잘 아는 드워프의 거리였다.

걸음을 옮기자 차츰 소음이 잦아들었다.

대신에 철을 두드리는 소리가 여기저기서 들리게 되었다.

물론 배시는 그런 소리 따위는 신경 쓰지 않았다. 앞서가는 소녀의 정수리를 보며 들떠 있었다.

드워프 중에도 아름다운 자는 있다.

이 소녀는 배시의 눈으로 봐도 충분히 아름다웠다.

브리즈가 "드워프의 마을로 가라"라고 그랬을 때는 그다지 기대하지 않았다.

하지만 기대 이상이었다.

『내 투사가 되어줘.』

게다가 갑자기 프러포즈까지 받을 것이라고는 생각도 해본 적없었다.

역시나 정보통인 휴먼이라고 할까.

『숨통을 끊는 자』라는 이명은 겉치레가 아니었다. 기대하지 않았던 스스로가 부끄러웠다.

("젤. 이곳으로 오길 잘했군.")

("그러게요! 설마 이렇게나 빨리 찾다니. 게다가 상대방이 먼저 다가오다니. 당신이라면 금세 찾을 수 있다고는 생각했지만 이렇게나 간단하니 맥이 빠지네요.")

("그런 법이다. 싸움에 승리할 때라는 건.")

("그건 그렇고, 이걸로 이 여행도 끝인가요……. 나, 당신이랑 좀 더 여행을 하고 싶었어요.")

("훗, 나도 마찬가지다.")

작게 그런 대화를 나누며 배시와 젤은 소녀를 따라갔다.

"여기야."

소녀는 골목 안쪽에 있는, 어느 문으로 들어갔다.

드워프 사이즈의 작은 문이었다. 배시는 몸을 숙여서 그 안으로 들어갔다.

"좁을지도 모르겠지만 뭐, 적당히 쉬도록 해."

그곳은 작지만 제대로 된 대장간이었다.

망치, 하디 로그, 모루……

용광로의 불은 꺼져 있지만 어느 도구든 손때를 탄 모습이 보였다.

자세히 보면 그녀의 손도, 손가락에는 못이 박혀 있고 손톱도 검게 물들어 있었다.

그녀는 이 공방의 주인…… 대장장이일 것이다.

어쩌면 휴먼에게 그런 자잘한 부분이 더러운 것은 마이너스 평가로 이어질지도 모른다.

물론 배시에게는 사소한 일이었다.

"후우…… 멀리 나갈 생각으로 꾸린 짐이었는데 괜한 짓이 됐네."

소녀는 등에 진 짐을 놓더니 외투를 벗어던졌다.

그 밑에서 나온 것은 드워프족 특유의, 어깨가 크게 노출된 가죽 옷.

불에 내성을 가지고 대장장이를 생업으로 하는 드워프들은, 소매가 있는 의류는 입지 않는다.

다시 말해 배시의 시야에 소녀의 하얀 어깨가 그대로 날아들었다.

대장장이답게 여기저기가 그을음으로 더러워지고 화상 자국도 있었지만, 배시에게는 아름답고 요염하게 하얀 피부였다.

"!"

생각해보면 여자의 맨살을 보는 것은 휴먼의 나라에서 주디스의 칠칠치 못한 모습을 본 뒤로 처음이었다.

게다가 주디스 때와는 다르게 이 소녀는 스스로 옷을 벗은 것이었다.

그것은 다시 말해, 그런 의미일 것이다.

"와앗!"

배시는 소녀의 어깨를 양손으로 붙잡았다.

그런 의미라면 배시도 사양할 생각은 없었다.

살짝 근육질이지만 부드럽고 매끈매끈한 피부에 배시의 열기는 맥스.

이것으로 마법 전사의 공포와도 이별이다.

감개무량한 심정과 감동이 뒤섞여서 배시를 끓어오르게 만들었다.

"어?! 가, 갑자기 뭐야?!"

반면에 소녀는 당혹스러운 표정.

배시는 멈추지 않고 소녀의 옷에 손을 댔다.

"어, 자, 잠깐만, 어?! 왜 옷에 손을 대는 거야?! 그만해!"

소녀는 배시의 손을 붙잡았다.

진심이 담긴 힘이었다.

배시의 입장에서는 가냘픈 힘이었지만 거절한다는 것을 느낄 수 있을 정도로는.

"음, 안 되나?"

"안 되냐니…… 무슨 이야기야?! 당연히 안 되잖아?!"

아무래도 안 되는 모양이었다.

하지만 배시로서도 이미 수습할 수 없는 지경에 와 있었다.

물러나고 싶지는 않다. 싸움이라는 것은 어떠한 열세일지라도 승부를 걸어야만 할 때가 있다. 그것이 지금이다. 어쨌든 그녀는 배시에게 프러포즈를 했고 배시는 그것을 받아들였으니까.

그 다음에 존재하는 것은 교미다.

오랜 고민에 종지부를 찍을 때가 온 것이다.

"하지만 나는 내게 투사가 되어달라고 했다. 나는 그것을 승낙했고. 그렇지?"

"어……."

그 대답에 소녀는 잠시 어리둥절한 표정을 지었다.

하지만 눈앞에서 거친 콧김으로 자신을 깔아뭉갠 오크를 보고 서서히 상황을 이해할 수 있었다.

"허, 그, 그런 건가…… 처음부터 그럴 생각이었나……."

"그래."

그럴 생각이었다.

그 말에 배시는 즉답했다.

물론 그를 위해서 여행을 나선 것이었다.

"하하, 바보구나, 나……."

소녀의 눈에서 뚝뚝 눈물이 떨어졌다.

"오크는 드워프 여자 따윈 흥미가 없다고 생각했어……."

"너는 다르다."

"그렇구나…… 나는, 어차피, 반편이인걸……."

소녀는 배시에게서 등을 돌리고 눈을 꽉 감았다.

"알았다고…… 마음대로 해……. 하지만 그 대신, 투사로서 싸워주겠다는 약속은 지켜줄 거지……."

감은 눈에서도 눈물이 뚝뚝 떨어져서 바닥을 적셨다.

"……."

마음대로 하라고 했다. 합의를 얻었다고 할 수도 있다.

그러나 싫다는 표정으로 등을 돌리고는, 눈에서는 눈물을 흘리고 있었다.

오크는 눈물을 거의 흘리지 않지만 그럼에도 사람이 어떠한 때에 우는지는 안다.

과연 이것은 정말로 괜찮은 것일까.

미처 판단하지 못한 배시는 젤을 올려다봤다.

"……."

젤은 몇 초 정도 고민했지만 이윽고 머리 위로 팔을 크게 교차했다.

×였다.

'역시 그런가.'

배시는 낙담하며 손을 뗐다.

"미안하군, 내 착각이었다."

"어."

소녀는 갑자기 풀려나서 당황한 눈빛으로 배시를 올려다봤다.

"무, 무슨 소리야?"

"다른 종족과의 합의 없는 성행위는 오크 킹의 이름으로 엄하게 금지되어 있다. 합의를 얻었다고 생각해서 한 행동이었다. 용서해라."

"아니…… 뭐, 사과한다면 딱히 상관은 없는데…… 오크도 여자를 앞에 두고서 멈출 수 있구나……. 아니, 내가 반편이라서……?"

그렇지만 배시에게도 여행의 목적이라는 것이 있다.

눈앞의 소녀는 아름답다.

그리고 때로 전사에게는 불리하다는 것을 알면서도 승부에 나서야만 할 때가 있다.

"다시 묻겠다. 내 아이를 낳지 않겠느냐?"

오크의 일반적인 프러포즈였다.

하지만 물론 소녀는 얼굴을 새빨갛게 물들이고 화내듯이 대답했다.

"안 낳아, 그런 거!"

"그런가."

거절당했지만 배시는 신경 쓰지 않았다.

예상할 수 있던 일이다.

휴먼의 나라에서도 엘프의 나라에서도, 공들여서 준비했음에도 불구하고 프러포즈에 실패했다.

그렇다면 아무런 준비도 하지 않은 이 프러포즈가 실패하는 것도 이치에 맞았다.

당연히 프러포즈를 받았다고 생각한 것도 무언가 착각이었을 터.

"그럼 실례하지."

하지만 이곳은 드워프의 나라다.

드워프의 나라에는 휴먼이나 엘프와 다른 큰 특징이 있다.

이 나라는 일부다처제인 것이다. 엘프와 다르게 아무리 많은 여자에게 말을 건네더라도 그것 때문에 다른 여자와의 인연이 사라지지는 않는다.

그렇다면 또 다른 여자를 찾으면 그만이다.

드워프 여자가 상대이기도 해서 내키지는 않지만…….

하지만 브리즈에게 들은 말도 있다. 이곳이라면 무언가 결과를 얻을 수 있을 터.

"기, 기다려!"

배시는 걸음을 멈췄다.

기대하지는 않는다. 배시는 머리가 썩 좋은 편이 아니지만 그래도 우수한 전사다. 우수한 전사는 같은 잘못을 저지르지 않는다.

"나도 다시금 부탁할게. 내 투사가 되어줘."

그 말에 배시는 복잡한 표정을 지었다.

투사와 아내가 다른 의미라는 것은 이해했다.

그렇다면 다시 말해 투사란 대체 무슨 의미인가…….

"애당초…… 투사라는 건 무슨 뜻인가요?"

그렇게 물은 것은 젤이었다.

배시가 알고 싶은 것을 묻는다. 그야말로 분위기 파악이 뛰어난 젤만이 할 수 있는 일이었다.

"아, 거기서부터 말해야 하나……."

소녀는 무언가 납득한 것처럼 고개를 끄덕이더니 일어서서, 배시의 눈길에 살짝 시선을 헤매다가 그때 외투를 발견하고는 그것을 걸쳤다.

"그럼 처음부터 설명할게."

그리고 설명을 시작했다.

◆

드워프의 나라, 드반가 공에서는 일 년에 한 번 『무신구제』라는 대회가 개최된다.

이 대회는 무인의 영예와 장비, 무구(武具)에게 감사를 바치는 것으로, 기본적으로는 평범한 무술대회와 다르지는 않다.

형식은 토너먼트.

참가자는 일대일의 대결을 반복하여 최후에 남은 자가 우승한다.

특이한 점은, 이 대회는 『무구에게 감사를 바친다』라는 의미가 담겨 있다는 부분인가.

전사들은 반드시 무기와 방어구를 착용하고서 싸운다.

그것도 한 대장장이가 만든 무기와 방어구를.

전사가 사망하거나 전의를 상실한다면 물론 패배하지만, 착용한 무기나 방어구가 파괴되더라도 패배한다.

이 대회가 처음 시작되었을 때는 드워프가 장비를 만들고 그것을 직접 착용해서 싸우는 축제였다. 하지만 전쟁이 진행되며 드워프 중에도 대장장이를 전문으로 하는 자와 싸움을 전문으로 하는 자가 나뉘는 경향이 강해졌다.

그래서 어느샌가 대회는 일반적으로 이인 일조로 참가하게 되었다.

물론 대장장이와 전사를 겸임하는 드워프라면 혼자서 참가할 수도 있다.

전귀 드라드라도반가도 그중 하나였다.

그는 항상 혼자서 참가. 열 번 연속으로 대회에 우승해서 전당에 들어갔다.

전사 하나에 대장장이 하나.

대장장이는 부서지지 않는 장비를 만들고 전사는 그것으로 승리한다.

대장장이의 긍지와 전사의 긍지, 두 가지를 존중하는 대회.

이 대회에 우승하는 것은 대장장이에게 더없는 명예였다.

당연히 우승하면 그 대장장이를 반편이라고 비웃는 사람은 완전히 사라질 것이다.

"그래서 나도 참가할 생각이거든……. 하지만, 그 녀석들이……."

"그 녀석들?"

"언니오빠들이야. 그 녀석들, 온 나라의 무인들한테 손을 썼어. 내 전사가 되지 않도록."

"……어째서 그런 짓을?"

"무서운 거야. 나한테 지는 게."

소녀는 그러면서 양팔을 벌렸다.

체구치고는 커다란 가슴이 출렁 흔들리고 배시의 마음도 출렁 흔들렸다.

포기하기에는 너무나도 아까운 가슴이었다.

"그 녀석들, 계속 나를 바보 취급했어. 어중간한 반편이라고."

"어중간한 반편이? 네가 말인가?"

"그래. 뭐, 보다시피 내 어머니는 휴먼. 하프 휴먼이라는 녀석 이야."

보다시피, 그 말에 배시는 다시금 소녀를 찬찬히 봤다.

확실히 그녀는 드워프족 여자치고는 지나치게 아름다웠다. 몸 매도 드워프로는 여겨지지 않을 만큼 호리호리. 그렇다고 해도 머 리카락 색깔 등에서는 드워프다운 특징이 드러났다. 과연, 휴먼 과 드워프 사이에서 나온 아이라면 배시가 끌리는 것도 당연했다.

"그 녀석들은 이러는 거야. 드워프와 휴먼 사이에서 나온 아이 가 제대로 대장장이 역할을 할 수 있을 리가 없다고."

"그런가?"

순수한 의문이었다.

대부분의 오크는 애당초 어머니의 존재를 모르고서 자라는 것 이다.

어머니가 높은 마력을 가졌을 경우, 이른바 색깔이 있는 오크 가 태어난다.

색깔이 있는 오크는 평범한 그린 오크보다도 높은 능력을 지닌 경우가 많아서 어머니는 중요하다고들 한다. 하지만 반대로 어머니가 나쁘니까 덜떨어진 전사가 태어난다는 이야기는 들은 적이 없었다.

"그럴 리가 없어! 요컨대 그 녀석들은 나랑 내 어머니를 바보 취급하는 거야!"

소녀는 주먹으로 테이블을 쾅 두드렸다.

테이블 다리가 덜컹 흔들리고 위에 있던 물건이 덜커덩 흔들렸다.

허나 그것으로 배시도 그럭저럭 이야기를 파악할 수 있었다.

요컨대 눈앞의 소녀는 바보 취급을 당한 복수를 하고 싶은 것이리라.

오크 사회에서도 모욕을 당한다면 대꾸를 하든지 주먹으로 갚아주어야만 한다.

그것조차 못 하는 오크는 오크가 아니다. 그저 얼간이다.

"그렇다면 깨닫게 해주어야겠군."

"그래, 물론이지! 그래서 나는 무신구제에 나가려고 했어! 바보 취급을 하던 내가 우승한다면…… 그렇지 않더라도 그 녀석들이 만든 장비를 착용한 투사 중 하나라도 쓰러뜨린다면 다시 보게 만들 수 있다고 생각했어! 실제로 그 녀석들은 나 따위한테 진다면 크나큰 수치…… 하지만 그렇다고 해서 출전도 못 하도록 방해하는 건 너무하잖아!"

소녀는 눈가에 눈물을 글썽거렸다. 어지간히도 모욕이었던 것이리라.

"그렇다면 스스로 출전하면 되겠지."

"허, 이 팔로?"

소녀는 팔을 들고 알통을 만들었다.

휴먼치고는 조금 두껍지만 드워프가 보기에는 나뭇가지 같은 팔이었다.

"얼굴이랑 체형으로는 어머니의 피를 진하게 물려받았으니까. 전사로서는 제 역할을 못 해."

"그런가."

"하지만 대장장이로서는 충분히 노력했고 재능도 있어. 그러니까 나는 나라 밖에서 전사를 찾으려고 했지. 그 녀석들은 이 마을에서는 권력이 있지만 나라 밖에까지 미치지는 않아. 하지만 그 녀석들은 그것조차 허락할 수가 없었는지 국경까지 쫓아와서는 나를 붙잡았거든, 나라 밖으로는 보내주지 않겠다고……. 그리고 그때 네가 왔어."

"그렇군."

소녀는 배시에게 강한 시선을 보냈다.

"힘을 빌려줘. 나는 우승해서 반편이가 아니라는 걸…… 어머니의 피가 나쁘지 않다는 걸 깨닫게 해주고 싶어."

배시는 이해했다.

그녀는 복수를 바라고 있다.

대장장이의 힘이 반편이가 아니라며 증명하기를 바란다. 그래서 적의 영향력이 미치지 않는 전사를 찾고 있다.

그야말로 배시는 적임자일 것이다.

하지만 배시의 프러포즈를 받아들일 생각은 없다.

성교뿐이라면 가능할지도 모르지만 아마도 합의 없는 성교가 될 테니까 NG.

그렇다면 결론은 바로 나왔다.

"미안하지만 힘이 되어줄 수는 없겠군. 나한테도 찾는 게 있다."

배시도 그냥 관광을 하러 이런 곳에 오지는 않았다.

목적이 없는 여행이라면 흔쾌히 힘을 빌려주겠지만 그렇지 않았다. 원하는 것이 있고 시간도 한정되어 있다.

원하는 것이라고 할까, 원하지도 않는 것을 버렸으면 좋겠다고 바꿔 말할 수도 있겠지만…… 여하튼 눈앞의 소녀에게 차인 이상, 다른 상대를 찾아야만 한다.

적어도 차이기 전이라면 프러포즈 성공률을 높이기 위해, 그녀의 호감도를 높이기 위해 흔쾌히 힘을 빌려주었을 테지만 이미 늦었다.

"그런……가. 뭐, 그렇겠네……."

소녀는 낙담을 감추지 못하는 모습이었다.

하지만 어쩔 수 없는 것이다. 배시도 한가하지는 않으니까.

"그럼."

배시는 그렇게 말하더니 고개 숙인 소녀를 두고 집 밖으로 나갔다.

그대로 돌아보지 않고 대로로 이어지는 길을 걸었다.

소녀는 아름다웠다. 아까운 상대이기는 했다. 하지만 차였다면 깔끔하게 포기하고 다음 여자에게 가는 것이 매너다. 끈질기게 접근했다가는 합의 없는 교미가 되어버릴 수도 있다.

안 된다고 그런 이상, 포기해야만 하는 것이다.

그리고 시간은 유한하다.

배시가 전사로 있을 수 있는 시간은 그리 길지는 않다.

언제까지고 패배에 매달려서 시간을 헛되이 보낼 수는 없다.

"아쉽네요."

"그렇군."

"하지만 브리즈가 여기로 가라고 그런 건 틀림없이 이유가 있어요! 힘내서 괜찮은 상대를 찾아요! 평소처럼 우선은 여관을 찾고 거기서 작전 회의예요!"

"알았다."

배시와 젤은 함께 고개를 끄덕이고 대로로 돌아가는 것이었다.

# 3. 여자를 얻는 가장 심플한 방법

"저 여자도 괜찮군."

"오케이! 이름부터 물어보고 올게요!"

다음날, 그들은 도반가 공의 대로에서 열심히 헌팅에 애쓰고 있었다.

헌팅이라고 해도 과거에 오크가 일상적으로 하던 여자 사냥은 아니었다.

배시가 "이 아이라면 되겠어"라고 생각하는 여자를 찾고, 젤이 이름을 물어보러 간다.

겸사겸사 기혼인지, 드워프의 나라에 거주 중인지도 물어봤다.

젤은 그것을 손에 든 종이에 메모했다.

다시 말해 정보수집이었다.

생각해보면 지난번 실패의 원인은 바로 정보 부족이었다.

아무리 발버둥 쳐도 손이 닿지 않는 상대에게 프러포즈를 하고 말았다.

선더 소니아는 너무나도 높은 절벽 위의 꽃이었다.

하지만 다른 엘프 여자라면, 예를 들어서 브리즈가 손에 넣을 수 있었을 법한 일반 병사였다면, 어쩌면 배시의 프러포즈를 받아들였을지도 모른다.

손이 닿는 상대를 간파한다.

그러고서 드워프의 방식이 맞춘 프러포즈를 해서 신부를 얻는다.

그것이 이번 작전이었다.

"물어보고 왔어요. 이름은 폴린. 독신. 술집에서 일하는 평민이에요. 괜찮겠어요! 하지만 당신은 좀 더 수준이 높은 여자를 노려도 된다고 생각하는데요."

"아니, 우선은 한 사람 얻는 게 먼저다!"

"그러네요! 무슨 일이든 확실하게! 자, 리스트 쪽도 많이 채워졌네요. 그럼 다음은 이 여자들을 어떻게 함락시킬지 생각해봐요!"

"그래!"

이름을 모으고 정보를 모으고 작전을 생각한다.

드워프 여자가 어떤 남자를 좋아하는지, 오크라도 괜찮은지.

적어도 휴먼의 나라에서 느낀 것 같이 명백한 적의나 공포의 감정은 느껴지지 않았다.

하지만 방심은 금물이다.

상황을 확실히 파악하고서 확실한 전력으로 진행할 필요가 있다.

배시와 젤은 역전의 전사.

두 번까지는 쓰러지더라도 세 번은 없다.

"그렇군…… 응?"

그때 배시의 귀에 익숙한 목소리가 울렸다.

많은 사람이 동시에 소리를 지를 때의, 무언가가 끓어오르는 듯한, 땅울림 같은 소리.

전쟁 중, 매일처럼 들은 소리.

"왜 그러나요? 또 신경 쓰이는 여자라도?"

"아니, 함성이 들린다."

"아, 콜로세움이 근처에 있는 모양이네요! 잠깐 보러 갈까요?"

"흠…… 그렇군."

배시는 그렇게 말하고 함성이 들리는 쪽으로 걸음을 옮겼다.


콜로세움은 금세 발견했다.

그것은 대로 끝, 딱 산의 중심부라고 할 장소에 있었다.

멀리서는 벽처럼 보였다. 하지만 다가가자 그것은 원형의 건물임을 알 수 있었다.

올려다보니 천장에는 구멍이 뻥 뚫려서, 하늘에서 빛이 쏟아졌다.

드워프답게 튼튼한 석조 투기장이 대로 정중앙에 있는 것이었다.

함성은 바로 그 안에서 들렸다.

그것만이 아니었다. 배시에게는 익숙한 칼싸움 소리마저 울렸다.

"성황인 것 같네요."

"그런 모양이군."

경기를 보려는 것인지 많은 인파가 경기장 입구를 드나들고 있었다.

"아, 입장료가 필요하다고 하네요."

"문제없다. 시와나시 숲에서 입수한 돈이 있지."

두 사람이 그런 대화를 나누며 안으로 들어가려고 했을 때,

"응?"

문득 배시는 무언가를 발견했다.

그것은 투기장 벽 쪽에 앉아 있는 자들이었다.

그들은 배시가 보기에도 친숙한 남자들이었다.

오크였다. 어째선지 오크가 투기장 벽 쪽에 앉아 있었다. 그것도 팔다리에 족쇄를 차고서.

"어라, 오크네요. 무슨 일일까요."

"글쎄……."

"추방자일까요."

"아마도."

배시는 그렇게 말했지만 당연히 모든 오크의 얼굴을 파악하고 있지는 않았다.

아무리 그래도 전후의 삼 년을 함께한 자들의 얼굴과 이름은 일치하지만 추방자 오크의 경우에는 화평을 맺은 뒤, 상당한 숫자가 유출되었기에 애매했다.

요컨대 누가 전쟁에서 죽었는지, 누가 추방자가 되어 마을을 나갔는지 판별할 수 없는 것이었다.

배시는 그들의 얼굴을 모른다.

어쩐지 한 번 본 것 같기는 하니까 어딘가 전선에서 함께 싸웠을 것이다. 전쟁이 끝나고 얼마 되지 않아서 오크 나라를 떠난 자들이리라.

저렇게 노예가 된 모습을 보면, 드워프의 나라에서 설치다가 맥없이 붙잡힌 것일까.

포로라면 도우러 나설 참이지만 추방자 오크는 오크가 아니다.

노예는 그들에게 걸맞은 말로일 것이다.

"가자고."

배시는 그들에게서 시선을 떼더니 투기장 안으로 걸음을 옮겼다.

◆

투기장은 열광의 도가니였다.

투기장에서 싸우는 것은 투사 셋과 마수 한 마리였다.

만티코어. 아득히 북동쪽 삼림에 서식하는 마수로, 호랑이 같은 몸은 붉고 머리는 사람처럼도 보이지만 결코 사람의 말을 꺼내지는 않는다.

꼬리는 성게처럼 뾰족한 바늘로 뒤덮여 있고, 이 바늘에서는 맹독이 분비된다.

찔리면 오거조차 순식간에 의식을 잃고 죽음이 이를 정도의 맹독이다.

오크처럼 독에 내성이 있는 종족이라면 거품을 물고서 기절하는 정도로 그치지만, 기절한 상황에서 만티코어에게 잡아먹히니까 결과는 마찬가지다.

오크가 사는 지역에서는 멀리 떨어진 곳에 서식하는 생물이지만 배시는 몇 번인가 싸운 적이 있었다.

배시가 그 자리에 도착할 때까지 오크 전사 여섯이 희생되었다.

그만큼 만티코어는 위험한 마수다.

투기장 안에는 이미 두 전사가 거품을 물고서 쓰러져 있었다.

다섯 중 둘이 당했다면 전선은 붕괴 직전, 이미 승산은 희박해 보였다.

하지만 자세히 보면 만티코어의 오른쪽 눈은 으스러지고 다리에는 사슬이 감겨 있었다.

나머지 셋은, 둘이 만티코어 왼쪽으로 돌고 하나가 오른쪽으로 돌아서 들어갔다.

왼쪽의 둘이 압력을 가해서 만티코어의 주의를 끈 참에, 오른쪽의 하나가 정확하게 공격을 가해서 대미지를 주고 있었다.

호각의 싸움이었다.

다섯 중에 만티코어와 싸우는 방법을 숙지한 자가 있었을 것이다.

"다리와 시야를 빼앗고 착실하게 대미지를 준다. 나쁘지 않네요."

"그렇군. 오른쪽으로 들어가는 남자는 실력이 좋다. 저러면 언젠가 쓰러뜨릴 수 있겠지."

배시가 말했다시피 얼마 후, 오른쪽의 남자가 만티코어의 옆구리 아래쪽에 깊이 검을 박아 넣었다.

급소에 가한 치명적인 일격.

만티코어는 잠시 꼬리를 휘둘러댔지만 이윽고 성대하게 피를 뿜더니 힘없이 쓰러졌다.

듬성듬성 박수가 나왔다.

절묘한 마수 퇴치였지만 구경꾼의 입장에서 보면 흥분이 살짝 부족했나보다.

구경거리로서는 중간 이하이리라. 배시로서도 봐서 재미있지는 않았다. 어차피 여럿이서 진행하는 사냥이나 마찬가지. 일상적으로 하는 일을 보고서 즐거울 리도 없었다.

"오, 다음은 인간들끼리 싸우는 모양이네요."

만티코어와 쓰러져 있던 투사가 정리되고 또 다른 갑옷차림의 남자가 나왔다.

역시나 얼굴은 모르겠지만 충분히 단련된 체격임을 알 수 있었다.

하지만 배시와 젤이 신경을 쓴 것은 확연히 다른 부분이었다.

"저기, 당신, 저건……."

"……."

투사들의 피부는 녹색이었다.

그렇다, 그야말로 배시와 마찬가지로.

"그라―오!"

"그라―!"

맥 빠지는 워 크라이.

하지만 결투를 앞두고 이렇게 워 크라이를 펼치는 종족은 하나밖에 없다.

오크다.

"오오, 오크들끼리 결투라고!"

"볼 맛은 있겠는데!"

잘못 봤느냐고 생각했지만 옆의 관객도 그렇게 말했다.

어째선지 오크들끼리 싸우고 있었다.

검과 방패를 들고서 캉캉 맞부딪쳤다.

얼핏 호각인, 치열한 싸움. 관객도 누군가의 공격이 들어갈 때마다 소리를 지르며 서서히 끓어올랐다.

하지만,

"……저건 뭐냐."

배시만은 달랐다.

배시는 오크들 사이의 결투를 알고 있었다.

그것은 필사적으로 치러지는 것이다.

혼신의 힘을 실어서 치러지는 것이다.

죽음을 각오하고서 치러지는 것이다.

상대를 잡아먹을 정도의 살기를 흩뿌리고, 승리를 향해서 발을 내딛고, 들이닥치는 패배를 떨쳐내기 위해 검을 휘두른다.

젊은이나 실력이 미숙한 자일지라도 그것은 변함이 없다. 그럴 수 없는 자는 결투를 할 자격이 없다.

그런 것이다.

오크에게 결투란 그런 것이어야만 한다.

하지만 투기장에서 진행되는 결투는 그렇지 않았다.

전혀 달랐다.

마치 춤 같았다.

살기가 느껴지지 않고, 필사적이지도 않고, 힘도 어쩐지 빠져서 전혀 죽음을 각오하지 않았다. 적당히 맞붙고, 한쪽이 우세가 되면 다치기 전에 지겠다는 기척이 배어나오고 있었다.

이런 것을 과연 결투라 할 수 있을까.

"……."

"당신, 화났나요……?"

배시는 대답하지 않았다. 묵묵히 싸움을 지켜봤다.

이윽고 싸움은 최고조에 다다랐다.

호각의 싸움을 연기하던 둘 가운데 한쪽이 상대의 검을 튕겨내고 허벅지 부근을 크게 베어냈다.

베인 쪽이 무릎을 꿇자 그의 목덜미에 검을 댔다.

승부가 났다.

"우오오오오오오오!"

이긴 쪽은 검을 들고 외쳤다.

조금 전의 워 크라이보다도 큰 목소리로.

관객을 부추기듯이 양팔을 벌리고 콜로세움 전체를 둘러보듯이 걸어 다녔다.

"뭘 하는 걸까요? 상대한테서 시선을 떼고 큰소리를 지르다니…… 끝을 내진 않는 걸까요? 역습을 당한다고요?"

젤이 의아한 듯 말하자 오른쪽 옆의 관객이 돌아봤다.

"이봐, 요정 씨. 당신, 콜로세움은 처음인가?"

불그레한 얼굴의 드워프였다.

그는 양손에 맥주를 든 채로 끄억, 기분 좋게 트림을 했다.

만취한 술 냄새가 주위에 진동했다.

"알겠나ー. 가르쳐주지. 저건 말이야, 이긴 쪽이 진 쪽의 목숨을 구걸하는 거야."

"어째서 그런 짓을 하나요?"

"싸움을 통해서 상대가 얼마나 강한지 인정했다는 거겠지……. 하지만 살릴지 죽일지는 관객이 결정해. 저런 식으로 말이야."

그가 말하는 것처럼 관객 대부분은 엄지를 위로 향하고 있었다.

승리한 투사는 상대를 일으키더니 어깨를 부축해서 투기장 안으로 물러났다.

"너무 시시한 대결을 펼치면 죽이는 경우도 있지만, 지금처럼 재미있는 대결을 또 볼 수 있겠다고 생각하면 알려두는 쪽을 고르는 게 이득이잖아? ……뭐, 전시 중에 사람이 죽는 모습은 질리도록 봤으니까 죽이는 경우는 거의 없지만."

"호—. 하지만 전후가 되어서도 매일 목숨을 걸고서 싸우고 그걸 구경거리로 삼다니, 드워프는 의외로 야만적이네요."

"허어? 바보 같은 소릴. 상대를 죽이는 상황까지 가는 건 노예들끼리 싸울 때뿐이야."

노예.

그렇다, 드워프족에게는 노예 제도가 있다. 그들은 자신들의 생산 효율을 올리기 위해, 전쟁 중에 붙잡은 포로를 노예로 부리고 있었다.

투기장에서 싸우게 만드는 것은 오래전부터 이어진 전통이었다.

"당신, 들었나요? 괜찮을까요? 오크가 노예라니……."

"……추방자 오크의 말로로서는 타당한 일이겠지."

거듭 말하지만 혹시 지금이 전시이고 그들이 포로였다면, 배시는 지금 당장에라도 뛰어들어서 그들을 구했을 것이다.

하지만 추방자 오크는 이미 오크가 아니다.

저런 맥 빠진 결투를 구경거리로 삼는다니 비참하기 짝이 없지만, 오크의 수치를 드러내기에는 걸맞는다고 할 수 있을 것이다.

저것이야말로 오크의 결투라고 인식되는 것은 배시로서도 굴욕이기는 하지만.

"꺄—!"

갑자기 처녀의 비명이 들렸다.

배시가 그쪽을 보자 드워프 여자가 투기장을 보고서 소리를 지르고 있었다.

배시도 이 목소리가 단순한 비명이 아니라는 사실은 금세 깨달았다.

왜냐면 비명이라기에는 여자가 웃고 있었으니까.

그렇다면 이것은 환호성이다. 그녀는 날카롭게 환호성을 터뜨린 것이었다.

그녀의 시선이 향한 곳—— 투기장에서는 다음 결투가 진행되고 있었다.

역시나 오크들끼리의 싸움.

하지만 조금 전과 비교하면 훨씬 좋은 움직임이었다.

역시나 의욕도 살기도 없이 소꿉장난 같은 결투지만, 더욱 매료시키는 싸움이었다.

특히 검과 방패를 든 남자 쪽은 자신이 어떻게 움직이면 접전으로 보일지, 뜨거운 대결이 펼쳐지는 모습으로 보일지 잘 아는 것처럼 여겨졌다.

배시는 그 남자가 싸우는 모습을 보고는 어디선가 본 적이 있는 것 같이 느꼈지만,

"훌륭해—!"

"멋져—! 안아줘—!"

그 이상으로 드워프 여자의 성원이 마음에 걸렸다.

아무래도 방패를 든 남자는 인기가 있는 듯했다.

안아달라는 말까지 나왔다. 배시도, 한 번이라도 좋으니까 들

어보고 싶은 말이었다.

게다가 그렇게 외치는 여자는 그럭저럭 나쁘지 않은 외모였다.

그렇다면 한 번이나 아니라 두 번이든 세 번이든. 그 바람을 이루어줄 것이다.

"잘은 모르겠지만, 아무래도 드워프 여자 사이에서는 강한 오크가 인기인 것 같네요."

"그런 모양이군."

"당신이 얼마나 강한지 보여준다면 한 방에 넘어올 것 같은데, 어떻게 보여줄 수 있을까요……."

"흠."

드워프 여자에게 강한 오크가 인기.

다시 말해 어디선가 배시가 강한 모습을 선보일 수 있다면 리스트에 있는 여자들도 돌아봐줄 가능성이 있다.

배시는 오크의 영웅이다.

강하다는 점에서는 이미 보증된 것이나 마찬가지.

배시의 동정도 풍전등화라고 할 수 있을 것이다.

"투기장까지 와서 여자? 이것 참, 더 자세히 보니 오크잖아!"

왼쪽 옆의 주정뱅이가 그렇게 소리 높였다.

그 역시도 얼굴은 새빨갰다. 양손에 맥주를 들고, 발밑에는 술통이 놓여 있었다.

이미 만취했음을 알 수 있었다.

"히끅, 그래야 오크지. 여자를 원하는 건 납득했어. 하지만 말이야─. 안타깝지만─, 헛수고. 헛수고야, 헛수고!"

"뭐가 헛수고라는 건가요?! 이 사람은 엄청 강하다고요?! 저기 널려 있는 녀석들은 한 손으로 콱이라고요?! 아니, 한 손이 아니라 손가락이겠네요. 새끼손가락으로 휙이에요! 여자들은 그걸 보고 『까— 안아줘!』라고 그럴 거 아닌가요!"

"알겠냐—, 너, 그게 착각이야. 저런 닳아빠진 여자들은 말이야—, 그저 싸움이 보고 싶을 뿐이라고. 오크 노예들한테 꺄꺄 거리는 것도 딱히 발정한 게 아니야. 싸움 그 자체에 흥분했을 뿐이거든—!"

"으음…… 그런가."

비쳐든다고 생각했던 광명이 꺼져서 낙담하는 배시.

그런 배시를 차마 볼 수가 없었는지, 아니면 단순히 취해서 하고 싶은 말을 늘어놓을 뿐인지 드워프는 계속 말했다.

"뭐, 무슨 일이 있어도 여자를 원한다면—, 무신구제에 나가는 거야!"

"……나가면 어떻게 되지?"

"대회에서 우승한 사람은~! 어떠한 소원이라도, 이루어주거든!"

"어떠한, 소원이라도……?"

그 드워프의 설명에 따르면 이러했다.

무신구제란 드워프 왕이 개최하는 드워프족 최대의 축제.

이것은 어제 소녀가 가르쳐준 내용과 같았다.

하지만 사실 대회에 우승한 사람에게는 드워프 왕의 이름을 걸고 어떠한 소원이라도 들어준다고 한다.

물론 드워프 왕의 권한이 미치는 범위이지만, 그 범위는 무척 넓다.

예를 들면 전귀 드라드라도반가.

그는 처음으로 대회에 우승했을 때, 이곳 도반가 공을 원하여 영주가 되었다.

다음 대회에서 우승했을 때에는 미처 다 쓸 수 없을 정도의 부를 소망했다.

그리고 다음 대회에서는 지위를.

그리고 다음 대회에서는 드워프 왕의 딸을 받았다.

그리하여 가진 것 없던 가난한 드워프는 모든 것을 손에 넣었다고 한다.

"그러니까 우승한다면! 당연히! 여자 하나 정도는 간단히 얻을 수 있다고!"

배시는 젤과 얼굴을 마주 봤다.

우승한다면 원하는 것을 손에 넣는다. 드라드라도반가의 예시를 따른다면 신부도 손에 넣는다.

그야말로 배시에게 안성맞춤인 대회라고 할 수 있었다.

"과연, 그런가, 그런 거였군요! 브리즈가 이야기했던 건!"

"그래, 그런 모양이야! 녀석한테는 아무리 감사해도 모자라겠는데!"

브리즈는 딱히 아무런 말도 안 했다. 그러기는커녕 무신구제 따위는 모를 것이다.

하지만 배시와 젤은 그에게 깊이 감사했다.

틀림없이 이런 상황을 내다보고서 그는 자신들을 이곳으로 이

끈 것이라고.

그야말로 정보통인 휴먼, 『숨통을 끊는 자』라는 이명은 겉치레가 아니었다.

"너희―, 축제에 참가하는 거냐―, 괜찮겠는데―! 하지만 이미 이 마을의 이름 있는 대장장이는 대부분 투사를 찾아버렸거든. 유감이네!"

그렇다. 대회에 출전하고 싶다면 팀이 될 대장장이의 존재가 필요했다.

"당신, 그건!"

"……그래!"

다시 떠오른 것은 어제 만난 소녀였다.

차인 상대이기는 하지만 그녀는 투사를 찾고 있었다.

그렇다면 이해관계는 일치한다.

"이럴 때가 아니에요, 지금 당장 돌아가요!"

젤이 튀어 나갔다.

일찍이 없을 정도의 속도로 날아올랐다.

젤의 날개가 한계까지 진동하고 충격파가 발생하지는 않을까 싶을 만큼의 속도로 날았다.

배시 역시도 그것을 마치 빛과 같이 따라갔다.

충격으로 주정뱅이들이 튕겨 날아갔지만, 그들은 엎어진 채로 껄껄 웃을 뿐이었다.

◆

소녀의 집에 도착했을 때, 시각은 이미 밤이었다.

투사를 찾으러 가겠다고 그랬기에 이미 소녀의 모습은 없었다…….

그렇게 생각했더니, 그녀는 지금 막 집을 나서는 참이었다.

"이봐."

"! 아, 아니, 이건 아니야 언니! 딱히 나라 밖으로 나가려는 게……."

소녀는 허둥지둥 돌아보며 그렇게 말했지만, 배시의 얼굴을 보고는 안도의 한숨을 내쉬었다.

"뭐야, 당신인가…… 무슨 일이야? 말해두겠는데, 아이를 낳으라는 이야기라면 거절할게. 몇 번을 애원해도. 나한테는 할 일이 있거든. 그를 위해서라도 투사를 찾아야만 해."

"음, 네 투사가 되려고 왔다."

"억지로 덮치려고…… 그렇다면 잘 생각하도록 해. 여기는 뒷골목으로 보이지만 위병도 다니고, 다음에는 나도 저항…… 뭐라고?"

소녀는 눈을 끔벅거리며 배시를 올려다봤다.

"네 투사가 되려고 왔다."

같은 말을 반복하는 배시.

하지만 소녀는 그 말의 의미를 이해하고서도 좀처럼 받아들이지 못했다.

곤혹의 끝, 젤을 봤다.

이럴 때에 가장 봐서는 안 되는 녀석이었다.

"목표는 우승이에요! 나도 열심히 서포트할게요!"

젤 역시도 배시를 돕기 위해서 소리 높였다.

소녀는 노골적인 그 태도를 조금 수상쩍게 생각하며 배시에게 시선을 향했다.

"괜찮겠어? 당신, 찾는 게 있다고 그랬잖아? 그보다도 뭘 찾으려는 거야?"

"……그건."

그 질문에 배시는 한순간 대답해야 할지를 망설였다.

하지만 그녀는 이미 자신을 찬 상대. 조금 더 말하면 드워프는 일부다처제다. 말해버려도 문제없을 것이다. 동정이라는 사실만 들키지 않는다면.

"……여자다."

"허?"

"아내가 될 여자를 찾고 있다."

"하아…… 그렇구나. 그래서, 무신구제에서 우승해서 여자를 재빨리 얻고 싶다는 건가……."

"그런 거다."

소녀는 어이없다는 표정으로 배시를 봤다.

그러니까 자신을 갑자기 덮쳤냐고 그러듯이.

"뭐, 나한테는 아무래도 상관없는 이야기인가. 그보다, 정말 나라도 괜찮겠어? 내 대장장이 실력은 일급이지만, 그 녀석들…… 내 오빠랑 언니는 방해하러 올 거라고?"

"상관없다."

배시는 오크의 영웅이다.

전쟁 중, 다수의 강적을 정면으로 박살 냈다. 작전 행동에 방해가 들어오는 일 따위는 일상다반사였다.

하지만 목적을 앞에 둔 배시는 무적이다. 어떠한 적이라도 물리쳤다.

방해 따위는 있어도 없는 것이나 마찬가지다.

"……하지만, 그런가…… 내 투사가, 되어주는 건가……."

소녀는 또다시 몇 초 정도 곤혹스러워했다.

하지만 이윽고 현실을 이해했다.

눈가에 눈물이 글썽이더니 넘치려고 했다.

반쯤 포기했었다. 틀림없이 자신의 힘을 드러낼 장소마저 찾지 못하고 평생을 보낼 거라고, 어두운 절망에 무릎을 꿇기 직전이었다.

하지만, 아니었다.

지금은 눈앞에 전사가 있다. 함께 싸워주는 동료다.

이 오크가 어느 정도인지는 모르지만, 자신의 실력이라면, 자신의 무기와 방어구라면 우승을 목표로 할 수 있다.

간신히, 오빠와 언니들에게 한 방 날릴 수 있는 것이다.

"좋아!"

그녀는 금세 눈물을 닦더니 얼버무리듯이 씨익 미소를 지었다.

"그럼 이제부터 잘 부탁해!"

"그래!"

"……저기, 이름은 뭐였더라?"

"배시다. 이쪽은 젤."

"나는 프리메라도반가. 프리메라라고 불러줘!"

이리하여 배시는 프리메라와 팀을 이루어 무신구제에 출전하게 된 것이었다.

ORC HERO
STORY

# 오크영웅이야기

## 촌탁열전

# 4. 소용돌이치는 음모

다음 날 아침, 배시는 도반가 공의 교외…… 산 외부에 있는 숲에 와 있었다.

숲의 한 모퉁이는 개간되어 광장 같은 모습이었다.

그곳에는 시험 제작한 갑옷으로 여겨지는 것이 이리저리 굴러다녔다.

드워프의 쓰레기장이었다.

대부분의 드워프는 실패작은 녹여서 다시 이용하지만, 전부 곧바로 이용할 수 있는 것은 아니었다.

남는 물건은 이렇게 누구라도 이용할 수 있도록 산 외부에 버려두는 것이었다.

프리메라는 그런 광장에서 허리에 손을 대며 배시를 올려다보고 턱을 내밀었다.

의지가 느껴지는 모습이었다.

"나는 기왕 나간다면 진심으로 우승을 따내러 갈 생각이야."

"그래."

반면에 배시는 건성으로 대답했다.

그것도 어쩔 수 없었다.

왜냐면 배시의 시점에서는 마침 프리메라의 가슴 계곡이 보여서 눈이 호강하던 것이다.

"일류 대장장이는 전사에게 맞는 무기를 만들어. 그러니까 나도 당신한테 맞는 무기를 만들어줄 생각이야."

프리메라는 그러더니 검 한 자루를 배시에게 건넸다.

폭이 두꺼운 양날 검. 특수한 금속을 사용했는지 표면이 붉게 빛났다.

길이는 일 미터 반 정도일까.

휴먼이라면 양손으로 쓰겠지만 오크가 사용하기에는 한 손으로 충분, 그런 길이였다.

"그건 내가 만든 검 중에서 최고 걸작……이라고 말할 것까지는 아니지만, 완성도가 괜찮은 검 중에 한 자루야."

"음."

배시는 검을 받아들었다.

그때 프리메라의 손이 닿아서 심장이 두근거렸다.

지난밤에 안은, 아니지, 붙잡은 프리메라의 어깨 감촉이 떠오른 것이었다.

차인 상대라고는 해도 프리메라는 미소녀…… 흥분하지 않을 리는 없었다.

지금은 두꺼운 외투를 입고 있지만, 그 안에 근육질이면서도 날씬한 여자의 몸이 숨어 있다는 것도 안다.

반면에 프리메라는 오크의 안색을 살필 수 있을 정도로 오크에게 익숙하지 않았다.

그래서 배시의 흑심을 깨닫지 못했다.

"다행히도 여기는 시험 삼아서 베어보기에는 딱 적당한 갑옷이 잔뜩 있어."

프리메라는 그러더니 갑옷 하나를 들어서 가져온 받침대 위에 놓았다.

"우선은 휘둘러보고 솔직한 의견을 말해줘. 좀 더 이렇게 해달라, 같은 게 있다면 말해주고."

"알았다."

배시는 프리메라가 물러난 것을 확인하고는 검을 들고 아래로 휘둘렀다.

시원스러운 동작이었다.

하지만 프리메라는 그 동작을 제대로 알아볼 수가 없었다.

수천수만 번을 되풀이한 동작.

온갖 것들을 둘로 가르는 힘을 지닌 배시의 일격은 전혀 빗나가지 않고 갑옷의 가장 단단한 부분에 박혔다.

그리고 킹과 캉의 중간 정도인 깔끔한 소리를 내며 지나간 것이었다.

"아……."

프리메라가 눈을 깜박인 순간, 갑옷은 터지듯이 산산이 흩어졌다.

각종 부품이 뎅그렁 소리를 내며 흩뿌려졌다.

혹시 이 자리에 전장의 배시를 아는 자가 있었다면 전율하는 것과 동시에 납득했을 것이다.

그렇지 않더라도 다소나마 실력이 있는 자가 있다면 지금 일격으로 발생한 충격이 어떠한 것인지 생각에 이르러 몸을 떨었을 것이다.

야생동물이라면 그 자리에서 패배를 인정하고 도망치거나 배를 드러냈을 터.

그 정도의 일격이었다.

소녀는 그것을 보고 도망치지도 배를 드러내지도 않았다.

화냈다.

"바보 자식!"

소녀는 외치고 배시에게 달려왔다.

"그런 식으로 두들기는 녀석이 어디 있어! 막대기가 아니라고!"

그리고 배시에게서 검을 뺏더니 칼날을 봤다.

칼날은 지렛대라도 쓴 것처럼 구부러져서 엉뚱한 방향을 향하고 있었다.

"아─아─, 이거 봐. 제대로 휘었잖아."

"으음……."

"정말이지, 무슨 말도 안 되는 힘이냐고…… 하아~……."

프리메라는 툴툴 불평하더니 휜 부분을 손가락으로 쓰다듬고 성대하게 한숨을 내쉬었다.

하지만 금세 고개를 내젓더니 마음을 다잡은 것처럼 배시를 봤다.

"하지만 뭐, 어쨌든 과제는 발견했네. 너는 힘이 세고 검 실력도 대단하진 않아. 그렇다면 베는 맛보다 내구성을 높이는 편이 낫겠어."

"어!"

젤의 눈알이 튀어나왔다.

그도 그럴 터. 젤은 이제까지 배시의 일격을 보고서 "검 실력이 대단하지 않다"라고 말하는 녀석을 본 적이 없었다.

그저 그 일격을 몸으로 받고 말도 없이 절명하든지, 전율한 표정으로 무릎을 꿇고서 배시를 올려다보는 자들뿐이었다.

지금 일격 역시 역전의 젤로서도 "근래 최고인 오 년 전의 검격과 같은 완성도. 스피드와 파워가 균형 잡힌 우수한 퀄리티"라고 잘난 표정으로 품평할 수준이었다.

"뭐야? 내 말이 틀렸어?"

"……틀리지는 않다."

막상 배시는 신경 쓰지 않았다.

이제까지 두 번, 그런 말을 들은 적이 있었다.

배시 스스로가 자신보다 검 실력이 뛰어난 전사는 몇 명인가 알고 있었다.

그러니까 자신의 검 실력은 딱히 자랑할 정도로 대단하지는 않다고 생각했다.

"그러니까 이 검을 쓰고 있지."

"흐—응…… 뭐, 어중간한 무기보다는 크고 단단한 편이 낫겠네…… 좋아."

프리메라는 배시의 등에 있는 검을 찬찬히 바라본 뒤, 손뼉을 짝 쳤다.

"일단 네 장비는 어떻게 할지 목표는 생겼어."

"으음."

"우선 네 장비를 만들기 위한 철을 사러 가자. 따라와."

프리메라는 그렇게 말하더니 총총히 마을 쪽으로 돌아갔다.

배시와 젤은 시키는 대로 그녀를 따라가는 것이었다.

◆ ◆ ◆

도반가 공에는 큰 시장이 존재한다.

드워프의 거주지답게 꼬불꼬불 구부러진 그곳은 곤그라샤 산맥 안의 철광에서 채굴된 금속이 모여 있었다.

드워프 상인들은 장삿속이라고는 없는 태세로 가게 앞에 그것들을 쌓아두고, 드워프 손님들은 그것을 멋대로 판정해서 사 간다.

좋은 철을 고르지 못하는 대장장이는 좋은 대장장이가 아니다.

일찍이 드라드라도반가가 그런 격언을 남겼는데, 드워프들은 그것을 당연하다고 생각했다.

다시 말해서 좋은 원철을 판별할 수 있는 눈을 기르는 것도 드워프 대장장이에게는 『실력』의 범주에 들어간다고 여겨지는 것이다.

물론 요구되는 것은 안목만이 아니다.

"너는 힘이 세니까 작철(灼鐵)로 도신을 만드는 게 낫겠네. 저거라면 용광로 온도를 높게 유지할 수 있으니까 튼튼한 검이 완성돼."

장비를 만들 때에 최적인 철의 종류를 고르는 것 역시도 대장장이의 실력 중 하나다.

재료 하나, 제작법 하나가 다른 것만으로 장비의 완성도는 크게 변한다.

하물며 무신구제에 나간다면 무엇 하나 타협이 가능할 리도 없다.

"도신은 작철이지만 코어는 카롤마이트를 쓰자. 칼날 부분은 크린나 강으로……."

프리메라는 그렇게 말하며 휙휙 광석을 손에 들어 품에서 꺼낸 돋보기로 들여다보고는 배시가 든 바구니에 던져 넣었다.

배시와 젤은 원래 그런 것이냐고 생각하며 바구니에 담기는 금속을 보고 있었다.

"광석이란 의외로 반짝반짝하는 것이로군."

배시는 그것들을 보고 툭하니 그렇게 말했다.

이제까지 돌을 찬찬히 살펴본 적은 없었지만 불그스름한 돌에 녹색으로 빛나는 돌…… 드워프가 만든 장비는 수수한 회색이라는 이미지인데 광석 쪽은 화사했다.

"그야 그렇죠. 드워프는 이런 광석으로 반짝거리는 목걸이를 만들기도 하니까요! 엘프의 그 번쩍번쩍 목걸이도 이런 광석으로 만든 거예요!"

"그렇군. 설마 무기나 방어구와 같은 것으로 만들 줄이야……."

듣고 보니 확실히 빛을 반사해서 빛나는 모습은 시와나시 숲에서 손에 넣은 목걸이 같기도 했다.

뭐, 실제로 그럴 리는 없어서 예의 목걸이도 금과 은을 사용한 물건이지만, 페어리도 대장장이 일은 하지 않는 종족이니까 그런 착각을 하더라도 어쩔 수 없었다.

"허어? 안 판다니 무슨 소리야!"

배시와 젤이 감탄하고 있는데 갑자기 노성이 들리기 시작했다.

쳐다보니 프리메라가 카운터 맞은편에 앉아 있는 주인을 노려보는 참이었다.

주인은 주인대로 불쾌한 표정을 감추지도 않고서 프리메라를 보고 있었다.

"아까부터 들었다고, 웃기지도 않는 소릴 해대기는. 도신에 작철을 사용해? 코어는 카롤마이트? 너, 정말로 드워프냐? 대장장이의 기초조차 모르는 녀석한테 팔 광석 따윈 없어. 처음부터 다시 공부하고 와."

"당신이야말로 케케묵은 생각을 내세우는 것뿐이잖아! 확실히 작철은 도신의 재료에 맞지 않는다고들 하지. 끈기가 부족하다고. 하지만 내가 독자적으로 개발한 제련법이라면 강도도 끈기도 확보할 수 있어. 베는 맛은 떨어지지만 크린나 강을 칼날에 사용해서 쿠션으로서의 역할도 기대할 수 있어. 그야 그만큼 베는 맛은 떨어지지만 강도 측면으로는 완벽해."

"……칫, 말이 안 통하는군. 상품을 괜히 뒀어."

주인은 침을 퉷 뱉더니 팔짱을 끼고서 단호한 태도로 프리메라를 노려봤다.

"……!"

프리메라는 노발대발한 표정으로 당장에라도 주인에게 달려들 것처럼 어깨를 들썩였지만 손을 대지는 않았다.

어차피 그녀가 손을 대어봐야, 팔의 두께만 비교해도 주인이 두 배는 두꺼웠다.

싸움조차 안 될 것이다.

"무슨 일이지?"

배시가 그렇게 묻자 프리메라는 어금니를 악문 채로 돌아봤다.

"들은 그대로야. 이 벽창호가 광석을 안 팔겠대."

"어째서지?"

"글쎄, 이 벽창호한테 물어봐."

그 말에 배시는 주인 앞에 섰다.

주인은 배시를 보고,

"네놈이 프리메라의 투사냐? 아무것도 모르는 오크가 쓸데없이 고개를 들이밀……."

완고한 말을 꺼내려다가 어느 부분에서 시선이 뚝 멈췄다.

그리고 배시의 얼굴을 다시 봤다.

"…….

그리고는 전율로 채색된 표정으로 따닥따닥 어금니를 울리기 시작했다.

완전히 배시를 아는 남자의 얼굴이었다.

전장에서 배시를 한 번이라도 본 사람은 이런 표정을 짓는다.

배시로서는 비교적 익숙한 반응이었다.

"어째서 안 팔지?"

"아니…… 안 판다는 건, 아니야. 어, 그저, 그 계집한테 설교를 좀 할 생각이었을 뿐이지, 나도 장사치니까 말이야. 판다고? 팔 거야. 그러니까, 부, 부탁이야, 목숨만큼, 살려줘……."

그러더니 시선을 홱 피해버렸다.

"팔겠다고 하는군."

"흐응. 이 벽창호 영감을 한 번 노려보는 것만으로 입을 다물게 만들다니, 너 꽤 하잖아. 겉멋만으로 전장에 나가진 않는다는 건가? 뭐, 됐어. 돈은 여기 둘게. 간다!"

프리메라는 그렇게 말하더니 돈이 든 주머니를 카운터에 툭 놓고 가게에서 나갔다.

배시도 그를 따라갔다.

"……."

가게 안에는 겁먹은 주인만이 남았다.

그는 프리메라와 배시가 사라지고 잠시 시간이 지난 뒤에 일어서서 살며시 가게 밖을 봤다.

익숙한 드워프의 거리에 무시무시한 오크의 모습이 없다는 것을 확인한 뒤, 안도의 한숨을 내쉬었다.

그리고는 지금 막 자신이 목격한 것을 다시 떠올리고 몸을 떨었다.

"프리메라 녀석, 대체 뭘 데려온 거냐……."

그가 배시를 전장에서 본 것은 단 한 번.

부끄러운 이야기지만 본 순간에 엉덩방아를 찧고는 완전히 전의를 상실했다.

근처에는 엉덩방아를 찧기 직전까지 시답잖은 대화를 나누던 동료의 시체가 굴러다니던 모습을 똑똑히 기억하고 있었다.

"프리메라 녀석……."

그 기억을 되새김질하며 이윽고 주인의 입에서 나온 것은,

"괜찮겠지……?"

분수도 모르는 여자아이를 걱정하는 목소리였다.

◆　◆　◆

　"자, 나는 지금부터 공방에 틀어박힐 테니까 너희는 마을 구경이라도 하도록 해."

　"네가 검을 두드리는 모습을 봐도 되겠나?"

　"아, 안 돼!"

　별생각 없이 건넨 말에 강한 거절이 돌아왔기에 배시는 한쪽 눈썹을 추어올렸다.

　"왜지?"

　"왜긴 왜겠어! 드워프 단조 기술은 드워프의 비법이라고?!"

　프리메라는 자신의 양쪽 어깨를 끌어안고는 배시에게서 한 걸음 물러났다.

　그것을 보고 딱 떠올린 것은 젤이었다.

　이 요정은 가끔씩 이상할 정도로 좋은 통찰력을 발휘하는 것이었다.

　그래서 때때로 세상은 젤을 '텔레파시의 젤'이라고 부른다.

　("당신, 어제 안으려고 그랬으니까 경계하는 모양이에요.")

　("그런가?")

　("드워프만이 아니라 대장장이라는 건 알몸에 가까운 모습으로 일하니까요. 미수라고는 해도 어제 일을 생각하면 덮칠지도 모른다고 여기는 것도 어쩔 수 없어요.")

　알몸에 가까운 모습이라는 말에 배시로서는 모쪼록 가까이서 보고 싶었다.

보고 싶지 않을 리가 없었다.

하지만 안 된다고 그러는데 강행할 수는 없었다. 오크 킹의 명령으로 합의 없는 성행위는 금지되어 있으니까.

"알았다. 그렇다면 마을로 가도록 하지."

"밤에는 시험용인 물건이 완성될 테니까…… 그러네, 시곗바늘이 7을 가리켰을 즈음에 돌아오도록 해. 시계를 보는 방법, 알지?"

"괜찮아요!"

드워프의 마을에서는 태양이 안 보인다.

그래서 마을 각지에 마련된 시계를 보고서 시간을 알 수 있다.

드워프의 나라 특유의 문화라서 다른 종족, 특히 일곱 종족 연합에서 시계를 볼 수 있는 자는 적다.

하지만 젤은 볼 수 있었다.

왜냐면 드워프군 첩보에 나설 때, 시곗바늘을 볼 수 있다는 것은 큰 장점이 되니까.

"좋아! 그럼 만들어 놓을게! 이제까지 가져본 적 없을 법한 엄청난 물건을 만들 테니까, 목을 길게 빼고서 기다려!"

프리메라는 그러더니 홱 뛰어서 공방 쪽으로 돌아갔다.

배시는 그것을 배웅하고, 이제 어쩌면 좋겠냐며 젤을 봤다.

젤은 허리에 손을 대고서 입술을 삐죽이고 있었다.

"……이것 참―, 믿을 수가 없네요."

"뭐가 말이지?"

"뭐긴요! 저 여자, 당신의 검 실력이 대단하지 않다고 그랬잖아요?! 그냥 힘만 셀 뿐이라고! 오크의 영웅인 당신을! 어떠한 적이라도 무찌른 당신의 그 검을!"

"검 실력이 대단하지 않은 건 사실이다. 이 검을 준 남자도 그렇게 말했지."

배시는 그러면서 등 뒤의 검을 뽑았다.

쇳덩어리 같은 이 검은 당시에 전장에서 수도 없이 무기를 잃어버리던 배시에게 데몬 장군이 "너 같은 덜렁이한테는 이게 딱 맞아"라며 준 물건이었다.

"실제로 나보다 검 실력이 좋은 자는 오크 중에도 있었다."

"그런가요? 정말로? 당신, 자신에 대한 평가가 조금 지나치게 낮지 않나요? 당신, 자기가 싸우는 모습을 본 적이 없죠? 내 견해로는 당신이 오크 중에 최고라고요?"

"확실히 나는 오크 중에서는 가장 강하다."

"그렇죠?"

혹시 휴먼이라면 아니아니 나 따위가 무슨, 그러면서 겸손을 떨었을지도 모르지만 배시는 『오크의 영웅』, 오크에게 최고의 영예를 받은 전사라는 자각과 자부심이 있었다. 필요 없는 겸손을 떨 필요는 없었다.

"하지만 싸움은 검 실력만으로 좌우되는 것이 아니지."

"아! 확실히! 그도 그러네요! 딱히 검만 잘 쓴다면 강하다는 것도 아니군요!"

전장에서 살아남거나 강적을 쓰러뜨릴 때에 그저 검 실력만이 중요하지는 않다는 사실은 젤도 잘 알고 있었다.

강함이란 복합적인 것이다.

검 실력이라는 것은 그중 한 요소에 불과했다.

실제로 동서고금, 검술을 자랑하던 수많은 전사가 전쟁에서 맥없이 누군가에게 패배하고 죽었다.

그리고 승리한 자는, 살아남은 자는 결코 검술이 뛰어나지도 않은, 그저 강할 뿐인 평범한 사람도 많았다.

싸우고, 이기고, 살아남는다.

그것들을 완수하기 위해서는 그저 검 실력이 뛰어난 것만으로는 안 된다.

"자, 나도 납득할 수 있었으니까! 기분을 전환해서 마을을 보러 갈까요! 당신의 눈에 차는 여자를 찾아두지 않으면 우승했을 때에 지명할 상대가 없을 수도 있으니까요!"

"그렇군!"

배시는 고개를 끄덕이고는 마을로 돌아가는 것이었다.

◆

얼마 후, 배시는 마을 안에 있는 술집을 방문했다.

다행히도 도반가 공에서 배시를 수상쩍게 여기는 자는 없었다.

다수의 다른 종족이 있어서 그런지, 드워프가 오크를 그다지 적대시하지 않아서 그런지.

이유는 알 수 없지만 배시는 휴먼의 나라처럼 적대시 당하지도 않고, 엘프의 나라처럼 수상쩍은 시선을 받지도 않고서 술집에 앉을 수 있었다.

목적은 당연히 어제와 마찬가지로 정보 수집이었다.

"호─, 그럼 지금 아버지랑 어머니는 진짜 부모님이 아닌가요."

"어, 그래! 하지만 나는 진짜 부모님과 같을 만큼…… 아니, 그 이상으로 사랑해! 아무튼, 전쟁고아가 되어 죽어가던 날 주워서 여기까지 길러주셨으니까!"

"훌륭하네요! 드워프 최고의 효녀예요! 이것 참─, 드워프는 의리가 두터운 사람이 많다지만 이만큼 깊은 분을 보는 건 처음이에요! 게다가 이렇게나 아름다운 분이라면, 구애하는 사람도 잔뜩 있지 않나요?! 이 색녀!"

"정말이지, 페어리는 아부를 잘한다니까!"

표적은 이 술집의 간판 아가씨.

이름은 폴린이라고 한다.

배시는 젤의 정보 수집을, 술집 구석에서 한 잔 걸치며 기대를 담은 눈으로 보고 있었다. 끼어들지 않는 것은 그러는 편이 더 효율이 좋으니까.

무신구제에서 우승하면 마음에 드는 여자는 모두 손에 넣을 수 있다.

다만 이야기를 듣기로는, 손에 넣을 수 있는 것은 하나뿐이다.

그렇다면 누구를 손에 넣을지가 중요해진다.

배시로서는 누구든 괜찮지만, 그래도 역시나 손에 넣는다면 후회하지 않을 법한 극상의 여자가 좋다.

그를 위해서는 이름이나 직업만이 아니라 더욱 자세한 정보가 필요했다.

어제 만든 리스트 중에서 용모가 뛰어난 자를 엄선, 지금은 속을 떠보고 있었다.

배시는 그 정보를 가지고 어느 여자를 손에 넣을지 선택, 무신구제에서 우승하면 된다.

너무나도 단순, 너무나도 간단하다.

외모 취향이라는 의미에서는 드워프 여자인 만큼 엄선하더라도 아직 주디스나 선더 소니아한테는 아득히 못 미치겠지만, 확실히 손에 넣을 수 있다면 그것도 눈감아줄 수 있다.

"......."

배시는 우승 후의 성교를 떠올리고 입가에 히죽 미소를 지었다.

폴린은 드워프 중에서는 키가 크고 말랐다.

드워프다운 빨간 머리카락을 포니테일로 묶고, 활달한 표정으로 일을 하고 있었다.

절세의 미녀는 아니다. 무작위로 모인 온갖 종족의 여성 백 명 중에서 고르라고 해도 배시는 그녀의 이름을 꺼내지 않을 것이다.

당연히 주디스나 선더 소니아를 봤을 때 같은 가슴의 고동은 없었다.

하지만 드워프 여자 중에서는 상당히 괜찮은 편이었다.

여하튼 폴린의 가슴은 주디스나 선더 소니아보다 컸으니까.

그것을 마음대로 하는 모습을 떠올리며 술을 들이켰다.

양손에 잔을 들고서 교대로 마시는 것이 드워프 방식이다.

배시는 오른손에 증류주, 왼손에 맥주를 들고서 교대로 맛보고

다시 말해 싸움이다.

요컨대 그들은 싸움을 거는 것이었다.

술에 취하고 흥에 넘친 기세로, 주위에 자신의 힘을 선전하고 싶은 것이리라.

"……흠."

배시는 결코 이 나라에 싸우러 온 것은 아니었다.

엘프 상대에게도 결코 싸움을 걸지 않았고 트집을 잡히지도 않았다.

하지만 지금 배시는 술이 들어가서 기분이 좋았다. 흥도 올랐다.

이렇게까지 상대가 의욕을 발휘하는데 싸움을 받아들이지 않는다면 그것은 오크 히어로의 불명예다.

혹시 배시를 둘러싼 것이 수염 난 남자가 아니라 절세의 미녀였다면, 어쩌면 받아들이지 않는다는 선택지도 고를 수 있었을 것이다. 배시의 목적은 명성을 얻는 것이 아니니까.

하지만 점찍은 여자가 눈앞에서 "강한 남자가 좋다"라고 그랬는데 싸움을 거절할 녀석이 어디 있을까.

"괜찮겠지."

배시는 옆에 세워둔 검을 손에 들었다.

물론 싸움에 쓸 생각은 아니었다.

그저 도둑맞아도 곤란하니까 어딘가 방해가 되지 않는 곳에라도 놓아둘 생각이었을 뿐이다.

"……!"

"이, 이봐, 저거……."

"말도 안 돼……『부서지지 않는 데몬 소드』잖아……."

하지만 검을 본 순간, 드워프들의 안색이 바뀌었다.

취해서 붉은 얼굴에서 숙취라도 찾아왔느냐고 여겨질 만큼 창백하게.

드워프들의 시선을 배시의 애검과 배시를 교대로 오갔다.

"설마, 당신, 배시인가?『오크 히어로』인……."

"그렇다."

드워프들은 깨달았다.

터무니없는 상대에게 싸움을 걸고 말았음을.

전장에서 오크와 싸운 자라면 누구라도 배시의 존재는 안다. 얼굴은 구별하지 못하더라도 손에 든 무기를 보면 일목요연했다.

"그럴 리가……."

"싸움을 걸어도 될 수준을 생각하라고……."

"은화 하나로는 너무 값싼 대가야……."

배시가 밖으로 나가려고 하자 드워프들이 일제히 길을 비웠다.

오크의 싸움도 밖에서 싸운다는 점에서는 마찬가지이지만 시비를 건 쪽이 먼저 나가서 기다린다는 암묵적인 규칙이 있었다.

드워프는 반대라는 것일까……라고 생각하며 배시는 가게 밖으로 나갔다.

대로는 여전히 시끌벅적했다.

문득 옆을 봤더니 두 칸 옆의 술집에서도 무언가 난투가 벌어지고 있었다. 어느 종족의 술집이든 하는 일은 마찬가지인 것이리라.

휴먼에 엘프, 드워프까지 모르는 문화와 계속 접한 배시는 그 사실에 어쩐지 안도해서는 홋 웃었다.

하지만 그대로 마음을 놓을 만큼, 배시가 빠져나온 사선의 숫자는 적지 않았다.

팔짱을 끼고 술집 입구를 노려보며 기다렸다.

"……?"

하지만 드워프들은 나오지 않았다.

이래서는 싸움은 물론 폴린에게 강한 남자의 모습을 보여줄 수도 없다.

아니라면 드워프의 싸움은 먼저 덤빈 쪽에서 무언가를 준비하는 단계라도 있는 것일까.

그렇게 생각하기 시작했을 무렵, 가게에서 나오는 자의 모습이 있었다.

드워프보다도 훨씬 작은 그 모습은 그야말로 페어리 그 자체.

젤이었다.

"젤인가. 지금부터 싸움이 벌어진다. 너도 같이 하겠나?"

"당신한테 가세할 필요 따윈 없다고 생각하지만요…… 그보다도 당신 상대, 다들 뒷문으로 도망쳤어요."

"뭐라고?"

"아마도 당신한테 겁을 먹었을 테죠."

맥이 빠졌다.

동시에 드워프라는 종족에 대한 낙담까지 치밀어 올랐다. 싸움을 걸어놓고 도망치다니…… 강인하다고 알려진 드워프로는 여겨지지 않을 만큼 겁쟁이였다.

혹시 이곳이 오크의 나라였다면 두 번 다시 길을 돌아다니지 못한다. 추방자 오크 일직선이다. 적어도 배시는 그런 얼간이를 오크로 인정할 수 없다.

하지만 이곳은 드워프의 나라다. 그런 녀석도 있는 것이리라.

배시는 팔짱을 풀고는 가게 안으로 돌아갔다.

그랬더니 확실히 조금 전에 배시에게 싸움을 걸려고 하던 자들의 모습은 없었다.

그러기는커녕 폴린의 모습마저도 없었다.

"폴린은?"

"오늘은 이만 일이 끝났다며 돌아갔어요. 어떻게 할래요? 미행할까요?"

"정보는 충분히 모았나?"

"완벽해요."

"그럼 됐다. 다음으로 가자."

싸움에 대해서는 실망했지만 배시처럼 큰 남자는 세세한 일은 신경 쓰지 않는다. 소화 불량이기는 하지만 상대가 도망쳤다면 자동적으로 배시의 승리다.

그리고 싸우기 위해 이 마을에 온 것도 아니었다.

본래의 목적을 달성하고자 배시와 젤은 다음 술집으로 향하는 것이었다.

◆ 도반가 공 모처 ◆

드라드라도반가에게는 열 명이 넘는 자식들이 있다.

그들은『도반가의 아이』라고 불리며, 도반가 공에서 지배 계층의 하나로 군림하고 있다.

전귀의 피를 물려받은 그들은 누구나 우수했다.

대장장이로서든 전사로서든, 혹은 양쪽 모두에 정통하여 일류인 자가 많았다.

바라바라도반가.

통칭 바라바라.

그는 그런『도반가의 아이』의 규범이 되는 존재였다.

장남으로서 전쟁에도 참가하여 찬사를 얻기에 충분한 전과도 올렸다.

그 자신은 장남으로서 동생들을 이끌고 도움을 원한다면 힘이 되어주는, 그런 존재이고자 했다.

그러면서 대장장이로서도 전사로서도 일류이기 위해 계속 단련했다.

위대한 아버지 드라드라도반가가 그러했듯이…….

사실 그는 작년 무신구제에서 우승했고 올해도 우승할 생각이었다.

다른『도반가의 아이』는 그를 존경하고 의지했다.

단 하나. 휴먼과 드라드라도반가 사이에서 태어난 막냇동생을 제외하고는.

"프리메라가 오크에게 붙잡혔다고, 그렇게 말했던가?"

"아니, 그게 아니야. 잘 들으라고. 프리메라가 오크를 데려갔다고 그런 거야!"

그날, 무신구제를 목표로 단련을 거듭하는 바라바라도반가에게 달려온 것은 동생 카르메라였다. 카르메라도반가는 차녀이지만 마치 어머니로 여겨질 만큼 모두를 잘 챙겨서 동생들을 잘 돌봤다.

도반가 공에 없는 다른 형제자매들도 그녀의 요리 실력을 모르는 사람은 없을 것이다.

물론 『도반가의 아이』로서 대장장이 실력도 일류다. 전사로서는 이류지만.

그런 그녀의 최근 고민은 막냇동생, 프리메라도반가였다.

『도반가의 아이』는 드워프 중에서는 기대의 상징이자 장래의 희망이라고도 할 수 있는 존재다.

당연히 기대에 응하고자 단련을 거듭하여 대부분은 그 기대 그대로 성장한다.

다만 프리메라만은 아니었다. 그녀만큼은 기대를 받지 않았다.

선천적으로 몸이 약한데다가 휴먼의 피가 짙게 드러나고 말았으니까.

호리호리한 몸, 가는 팔…… 그런 아이는 대장장이로서도 전사로서도 역할을 할 수 없다.

누구라도 그렇게 말했다.

같은 『도반가의 아이』조차 그렇게 생각했다.

그녀는 그럼에도 『도반가의 아이』로서 부끄럽지 않도록 절차탁

마했다.

전사로서는 절망적이었지만 그래도 대장장이로서는 대성할 수 있을 터라고.

하지만 아직 대장장이 실력은 미숙하고 성과도 내지 못했다. 하지만 말만큼은 술술.

물론 아무도 인정해주지 않았다.

걱정이 많은 카르메라는 그녀에게 몇 번이나 충고했다.

적어도 큰소리치는 것은 그만둬라, 너는 미숙하니까 그것을 인정하고서 단련하고, 그럴 수가 없다면 그만두라고. 물론 조급하게 결과를 내려는 프리메라가 그것을 받아들이지는 않았지만……

끝끝내 프리메라는 무신구제에 출전하겠다는 말을 꺼내기 시작했다.

카르메라는 말했다.

창피를 당할 뿐이고, 네 명예만이 아니라 네게 힘을 빌려준 전사도 다칠 테니까 그만두라고.

물론 프리메라가 그 말을 들을 리도 없었다.

그런 식으로 말해서야 당연했다.

바라바라도반가도 카르메라도 알고 있었다. 그녀는 실력도 미숙하지만 무엇보다도 자각이 부족했다.

자신이 만든 장비에 전사가 목숨을 맡긴다는 자각이……

그렇기에 나라 안에서 사정을 아는 전사들은 아무도 그녀에게 힘을 빌려주지 않는 것이었다.

그런 상황에 외국에서 온, 아무것도 모르는 오크 전사를 붙잡다니…….

"난 걱정이야. 오크는 드워프 여자한테 흥미가 없다지만, 그 아이는 하프 휴먼이잖아……. 큰일이 벌어지진 않는다면 좋겠는데……."

"걱정 안 해도 오크는 다른 종족과의 합의 없는 성교를 금지했을 텐데. 제대로 된 오크는 그걸 지키고 있어."

"허, 오빠는 남자니까 그런 소릴 하는 거야. 합의라는 건 말이지, 나중에 얼마든지 얻을 수 있다고."

"……."

바라바라도반가는 검을 휘두르며 카르메라의 이야기를 듣고 있었다.

상담이라는 명목이기는 하지만 실체가 불평임은 틀림없을 것이다.

항상 그랬다. 그녀는 바라바라도반가의 의견 따위는 아무래도 상관없었다.

"설령 무사하다고 해도, 그 아이가 만든 장비로 이길 리가 없어. 장비 때문에 져서 격노한 전사한테 맞아 죽는 사건, 작년에도 있었잖아? 하물며 상대는 머리 나쁜 오크야. 게다가 거짓말쟁이 페어리를 데리고 있지. 대체 어떻게 될지…….."

오크가 페어리와 함께.

그 정보에 바라바라도반가는 움직임을 멈췄다.

"잠깐만, 붙잡은 건 노예 오크가 아니었나?"

"어? 아, 여행자라고 그랬던가. 국경에서 그 아이를 말리고 있을 때 왔거든. 이야기는 통했으니까 추방자 오크는 아닌 모양이

었어.”

“오크가 여행……? 그것도 페어리를 데리고……?”

바라바라도반가는 전쟁에 참가했다.

오크와의 전투에도 몇 번인가 나간 적은 있었다.

오크는 머리가 나쁜 종족이지만 결코 이야기가 안 통하는 몬스터는 아니라서, 페어리와 연계를 취할 때에는 치밀한 작전 행동을 선보였다.

머리는 나쁘지만, 그저 나쁠 뿐이다. 생각을 못 하는 것은 아니다. 나쁜 지혜를 발휘하는 자도 있다.

“그 녀석들은, 뭐라고 그래? 여행의 목적은?”

“글쎄. 자세히 물어보진 않았어. 아무래도 찾는 게 있다던데. 허, 어지간히도 중요한 거겠지. 여하튼 시와나시 숲 쪽에서 왔으니까.”

“…….”

수상쩍다.

바라바라도반가는 그렇게 느꼈다. 오크가 여행을 한다는 이야기는 들은 적 없고, 하물며 페어리와 함께. 무언가 목적이 있을 터.

그리고 바라바라도반가는 그 목적에 짚이는 바가 있었다.

“그 오크의 이름은?”

“이름? 뭐였더라…… 어젯밤에 부추겼던 놈들 말로는…… 칫, 얼간이들. 평소에는 그만큼 전장에서 공적을 세웠다고 자랑하는 주제에 오크 한 마리한테 쫄아서는, 한심하기 짝이 없네. 아, 그렇지. 배시라는, 이름 있는 전사라던데.”

털이 곤두서는 것만 같았다.

"배시라고?!"

바라바라도반가는 황급히 돌아보더니 카르메라의 어깨를 덥석 붙잡았다.

"뭐, 뭐야? 알아?"

배시.

오크의 영웅.

『파괴자』의 이름을 그대로 구현한, 드워프의 재앙.

오크와의 전투에서 전선에 나간 자 중에 그 이름을 모르는 자는 없다.

하지만 얼굴을 아는 자는 거의 없다. 왜냐면 전장에서 만난 전사 대부분이 죽었으니까.

도반가 일족에게 은혜를 입은 전사들은 바라바라도반가나 카르메라의 부탁을 들어준다.

그들은 강인한 전사다. 전장에서는 어떠한 적이 와도 두려움 없이 맞서서 사선을 돌파했다. 자신들은 긍지 높은 역전의 전사이자 두려움을 모르는 드워프라는 자부심도 있었다. 얕잡아보는 녀석은 박살 내주겠다는 기개도 있었다.

하지만 동시에 그들은 안다.

자신들에게 사선이 어디인지, 한계는 어디인지. 긴 싸움을 거치며 알고 있었다.

그 사선을 아주 조금 넘어간 것만으로 죽은 동료도 있었다.

그런 그들이기에 이해했다.

전장에는 절대로 이길 수 없는 상대가 존재한다고.

배시는 그런 상대 중 하나다.

그리고 그런 존재가 이곳 도반가 공에 와 있다. 그 말을 듣고 바라바라도반가는 전율을 금할 수 없었다.

"어쨌든 말이야, 오빠. 어떻게든 해줘. 난 있지, 그 아이가 정말로 딱해. 하프 휴먼으로 태어났다는 것만으로 경시당하고, 고생하고, 조급해서는 돌이킬 수 없는 짓을 하고, 끝내는 오크한테 붙잡혀서 새끼를 낳게 된다니 너무하잖아?"

"으음⋯⋯."

바라바라도반가는 팔짱을 끼고서 신음했다.

그는 이미 프리메라에 대해서 생각하는 것이 아니었다.

이곳 도반가 공을 차지한 드워프들의 악행에 대한 생각이었다.

돈의 망자인 그들은 전후의 혼란을 틈타서 어떤 일을 계속했다.

그 사실을 아는 것은 바라바라도반가를 포함한 몇 명밖에 없다.

바라바라도반가는 생각하는 바가 있어서 내버려 두었지만⋯⋯ 혹시 오크 킹이 그것을 해결하고자 배시를 보냈다면⋯⋯.

경우에 따라서는 이곳 도반가 공은 피로 물들지도 모른다.

"그 오크는 지금 뭘 하고 있지?"

"프리메라랑 같은 편이 되어서 무신구제에 나올 모양이야⋯⋯. 다름 아닌 오크니까 말이지, 프리메라를 돕는 대신에 그 아이를 자기 마음대로 할 거야⋯⋯."

그 말에 바라바라도반가는 안도하며 가슴을 쓸어내렸다.

무신구제에 나간다.

그렇다면 이곳 도반가 공에서 정당하며 공정한 방법으로 예의 악행을 밝히려는 것이리라.

그건 그것대로 생각하는 바도 있었다.

하지만 적어도 이곳 도반가 공에서 시체가 산처럼 쌓일 일은 없다.

"……그렇다면, 될 대로 되겠지."

"뭐?! 그게 뭐야, 어이없네. 넌 가여운 동생이 불쌍하지도 않아?!"

바라바라도반가는 다시 검을 휘두르기 시작했다.

그도 물론 동생을 걱정하고 있었다.

하지만 그녀 옆에 있는 것은 배시다.

아마도 오크 킹의 밀명을 받고 이 자리에 있을, 오크의 영웅이다.

그가 원만한 수단을 선택하고자 한다면 그렇게 심각한 일이 벌어지지는 않는다.

무신구제에 나간다는 행동을 보기에, 오크가 드워프와 우호적인 관계를 구축하고자 하는 의사가 엿보였다.

"프리메라라면 그렇게 큰일이 벌어지지는 않겠지. 애당초 너는 지나치게 과보호한다고."

혹시 프리메라에게 무슨 일이 벌어질지라도, 그녀가 평소부터 큰소리를 쳐대며 하지도 못하는 일을 퍼뜨리고 다닌 것은 안다.

한 번은 호된 꼴을 보아야 할 것이다.

박살이 나고, 무력함을 깨닫고, 그러고서도 다시 일어서고자 노력해야만 한다.

그런 상황으로 스스로를 몰아넣어야 한다.

그러지 않는다면 그녀는 계속 현재 상황을 유지할 것이다.

다시 말해 프리메라의 성장을 생각하고서 꺼낸 말이었다.

하지만 카르메라는 그렇게 받아들이지는 않았다.

"아―, 아― 그러시단 말이지! 알았어. 더는 부탁 안 해. 너한테 이야기한 내가 바보였어! 너한테도 어차피 그 아이는 일족의 반편이라는 거구나! 상처를 받든, 사라지든 상관없는!"

"그런 말은……."

바라바라도반가는 다시 돌아봤지만 이미 그곳에 카르메라의 모습은 없었다.

"정말이지…… 그건 그렇고, 마침내 오크가 움직였나."

전쟁이 끝나고 삼 년. 악행은 계속되었다.

그리고 그에 저항하는 자도 있었다.

"……."

바라바라도반가는 자신이 드라드라도반가 같은 무인이고자 한다.

무인다운 무인이고자.

하지만 본보기는 한 사람이 아니다. 또 하나, 자신도 그러고자 목표로 하는 전사가 있었다.

그 전사는 지금, 가혹한 상황에 처했으면서도 필사적으로 저항하고 있다.

"그의 노력이 허사가 되지 않는다면 좋겠다만……."

바라바라도반가가 할 수 있는 일은 그저 그 전사의 무운을 기도하는 것뿐이었다.

ORC HERO
STORY
# 오크영웅이야기
## 촌탁열전

# 6. 무신구제 본선 첫째 날

무신구제 예선은 드워프답게 적당히 진행된다.

우선 참가자에게 번호가 부여되고, 투기장에 모인 자들끼리 적당히 대결을 치른다. 승리한 자들끼리 또 대결을 치른다. 이른바 토너먼트 방식이다.

출전자는 하루에 두 번 대결을 치를 의무가 있고, 축제는 최후의 출전자 하나가 남을 때까지 이어진다.

참가 마감은 64강이 정해질 때까지.

그렇기에 경우에 따라서는 출전자가 계속 늘어나서 몇 개월이나 이어지는 일조차 있다.

이번 무신구제는 이미 전례 없을 정도의 투사가 참가했다.

그렇기에 축제는 계속되고 있었다, 며칠이고.

◆ ◆ ◆

"승자, 566번!"

배시는 예선을 순조롭게 돌파하고 있었다.

닷새의 싸움을 돌파하며 얻어낸 승리는 열 번을 넘어섰다.

어느 대결이든 고전하지는 않았지만 신승이었다.

그것은 바로 무신구제의 규칙이 원인이었다.

무신구제의 패배 조건은 두 가지. 참가자인 투사의 전의 상실이나 기절, 사망.

그리고 장비 파손이다.

다시 말해 착용한 무기나 갑옷 중 하나가 파괴된다면 그 자리에서 패배한다.

프리메라가 만든 장비는 쉽게 부서졌다.

아니, 결코 쉽게 부서지는 장비는 아닐 터.

배시의 몸에 맞춘 플레이트 메일은 육중하고, 쇳덩어리 같은 검은 척 봐도 튼튼할 것 같았다.

플레이트 메일 쪽은 괜찮았다.

닷새 전부터 오늘에 이르기까지의 싸움에서 상한 곳 하나 없었다.

하지만 검은 아니었다.

한두 번의 싸움으로, 반드시라고 할 수 있을 정도로 구부러졌다.

지금 현재 예선은 모두 일격으로 끝을 냈지만, 혹시 장기전으로 이어진다면 패배할 가능성은 충분하다고 할 수 있을 것이다.

"……."

배시는 칼집에 들어가지 않는 검을 들고서 주위를 둘러봤다.

투기장에서는 다른 참가자의 대결이 이어지고 있었다.

관객은 드문드문했다.

도반가 공에 사는 대부분의 드워프는 투사로서 출전하든지 대장장이로서 장비를 만들고 있다.

자신과 관계가 없는 대결이라면 굳이 투기장으로 걸음을 옮기지 않는다.

관객석에 보이는 것은 외부에서 온 관광객이나 이미 패배한 투사 정도였다.

주위에서는 대결에 승리한 투사가 무기를 들어 올리고 함성을 터뜨리며 승리를 어필했다.

드높이 함성을 터뜨리며 나는 강하다고 주위에 선전했다.

오크 사회에서도 승리 어필은 싸움의 묘미다.

다만 그것은 어느 정도 수준이 가까운 상대와 싸움을 치렀을 경우로 한정된다.

덤벼드는 약자를 뿌리치는 것뿐인데 굳이 어필하는 것은 오히려 촌스럽다.

그것이 오크의 상식이다.

그렇기에 배시는 이 정도 상대에게 승리한 것을 어필할 생각은 없었다.

이 대회에 나온 목적은 강하다고 어필하려는 것이 아니었다.

우승해서 신부를 손에 넣는 것이다. 필요 없는 일은 하지 않는다.

하지만 배시는 검을 든 쪽의 팔을 들었다.

관객석 안에 프리메라가 있었으니까.

어필이 아니었다.

프리메라가 싸운 뒤에 무기 상태가 보이도록 들어보라고 말했다.

프리메라는 구부러진 검을 보고 벌레라도 씹은 표정을 지었다.

이번에도 마음에 드는 결과가 아니었나보다.

그도 그럴 것이다. 그녀가 단조한 검은 이번에도 멋들어지게 구부러졌으니까.

어쨌든 오늘 목표치를 달성한 배시는 투기장을 뒤로하고 대기실로 돌아갔다.

　"그래서 나는 말해줬지요! 그 더러운 손을 떼라, 날려버리기 전에……라고. 하지만 상대는 거대한 오거가 다섯. 아무리 내가 강하다고 해도 날려버리기에는 힘이 든다고요! 제대로 진이 빠지는 건 확정! 하지만 하지 않는다면 페어리의 이름이 땅에 떨어진다! 그렇게 생각한 순간이었어요! 오거 하나가 날아갔죠! 이중에 누군가 오거가 날아가는 걸 본 적 있는 녀석은 있나요? 그것도 빙글빙글 돌면서 수평으로 날아갔다고요? 나는 봤어요……! 오거가 날아가는걸. 그리고 누가 날려버렸는지를. 그리고 그곳에 있던 사람이야말로, 내가 존경하는 배시였던 거예요!"

　"오─!"

　대기실로 들어오자 젤이 평소처럼 자랑을 늘어놓고 있었다.

　"아! 호랑이도 제말하면 온다더니 당신! 어서 와요! 대결은 어땠나요? 어, 아니지. 말 안 해도 알아요. 당신인걸요. 무모하고 만용을 부리는 상대를 가차 없이 일격으로 박살 내고, 유유히 승리를 얻어서 돌아온 거겠죠? 이것 참, 수고했어요! 아, 여기 마실 걸 준비해뒀으니까 드세요! 어깨도 주물러줄까요?!"

　"음."

　보아하니 배시가 번호를 불릴 때까지 앉아 있던 의자에는 부드러운 쿠션이 깔려 있고 옆 테이블에는 술이 준비되어 있었다.

　배시는 시키는 대로 의자에 앉아서 마실 것을 손에 들고는 꿀꺽 소리 내어 목을 적셨다.

곧바로 젤이 어깨 쪽에 매달려서 꾹꾹 눌렀다.

아마도 어깨를 주무르려는 것이리라.

배시의 강인한 육체는 젤의 모든 체중을 실어도 아무런 느낌도 없었다.

하지만 젤에게서 떨어지는 가루가 배시의 어깨로 쏟아지며 어깨 결림이 싹 가시는 것을 느꼈다.

"저, 저기, 배시 님?"

그때 젤의 이야기를 듣던 투사 하나가 다가왔다.

금속제 갑옷에 폭넓은 검. 대기실에서는 흔한 복장의 한 남자.

특이한 점은 그의 얼굴이 도마뱀 같다는 것일까.

리자드맨이었다.

"……뭐지?"

"뵐 수 있어서 영광입니다! 저는 파일즈강(江) 게코족 전사 타이드나일입니다!"

"그래."

리자드맨의 외모는 구분이 안 되고 이름을 들은 기억은 없었다.

체형이나 자세를 보기에 역전의 전사라는 느낌은 아니지만…….

"어디서 만났던가?"

여하튼 혹시 지인이라면 실례라는 생각에 배시가 그렇게 묻자 타이드나일은 기쁜 듯 고개를 끄덕였다.

"예! 제가 아직 어릴 적, 목숨을 구해주셨습니다. 파일즈 강 전투에서요."

"그 전투인가. 잘 기억하지."

파일즈강 전투.

그것은 배시의 기억에도 강하게 남아 있는 전투였다.

발단은 엘프군의 책략으로 서큐버스의 어느 중대가 고립된 것.

엘프군은 고립된 중대를 노리고 드워프군과 연계하여 집요한 공격을 가했다.

서큐버스 중대는 당연히 철수를 선택하려고 했다.

하지만 그녀들은 어느 이유로 방어전을 개시하게 되었다.

그럴 수밖에 없었다.

그것은 철수 도중, 한 촌락을 지나가고 말았으니까.

리자드맨 촌락이었다.

강 주위에 만들어진 작은 촌락에는 다수의 비전투원이 남겨져 있었다.

서큐버스 중대는 촌락의 비전투원을 그냥 지나치지 못하고 그곳에 머무른 것이었다.

배시가 구난 요청을 받고 촌락에 다다랐을 때는, 이미 서큐버스 중대는 궤멸 상태에 리자드맨 촌락은 여기저기서 연기가 피어오르고 있었다.

서큐버스의 강인한 군인들 대부분은 피 웅덩이에 쓰러지고, 리자드맨 비전투원 몇 할 정도가 붙잡혀서 목에 족쇄를 찬 상태로 끌려가려는 참이었다.

배시는 도착하자마자 적군에게 돌진, 서큐버스 중대를 구하고 포로를 구출했다.

확실히 붙잡힌 포로 가운데 아직 어린 리자드맨이 몇 명인가 있었다.

그중 하나일 것이다.

"예. 그대로 배시 님께서 와 주시지 않았다면, 저는 지금쯤 드워프의 노예가 되어 이 투기장에서 싸우고 있었을지도 모릅니다…….아뇨, 그렇게 되었다면 이미 목숨은 없을지도…….."

"그런가."

그 전투는 배시의 기억에도 잘 남아 있었다. 확실하게.

서큐버스 전사들의 노출된 피부와 출렁출렁한 가슴이.

"그건 그렇고, 관록 있는 오크가 계시니까 혹시나 이름 있는 분이신가 싶어서 함께 있는 페어리한테 물어봤더니, 설마 다름 아닌『오크 히어로』배시 님이실 줄이야! 생명의 은인과 만날 수 있었던 것을 영광스럽게 생각합니다!"

그때 대기실에 "다음, 409번!"이라며 부르는 목소리가 들렸다.

타이드나일은 그 목소리에 "아, 저네요"라고 손을 들고 투기장 쪽으로 걸어가고…… 문득 멈춰 서서는 배시를 돌아봤다.

"저, 저기, 손을 잡아주실 수 있을까요?"

"상관없다."

"우와, 커다란 손이네요. 게다가 이 헤아릴 수 없는 강함……저, 당신 같은 전사가 될 수 있도록 정진하겠습니다!"

타이드나일은 그렇게 말하더니 기운차게 투기장 쪽으로 달려갔다.

"보아하니 무사 수행 중인 젊은이일까요. 당신을 목표로 하다니, 참으로 기특한 젊은이네요."

배시 옆에 있던 젤이 만족스럽게 응응, 고개를 끄덕였다.

"그래서, 이제부터 어떻게 할 건가요? 의무적인 대결은 두 번인데, 한 번 정도 더 싸우나요?"

"아니, 무기가 이러니. 오늘은 이만 물러나……."

배시가 그렇게 말하려던 그때였다.

배시 주위를 우락부락한 남자들이 둘러쌌다.

다들 입가를 굳게 다물고 눈가에 힘이 실려 있었다.

휴먼, 비스트, 드워프…… 죄다 곳곳에 흉터가 남은, 무시무시한 남자들이었다.

"무슨 일이지?"

싸움이다, 배시가 직감적으로 그렇게 생각한 것에는 이유가 있었다.

도반가 공에 온 뒤로 이상하게도 주위에서 트집을 잡고는 했다.

술집에 가면 반드시라고 해도 될 정도로 무서울 얼굴의 드워프들이 덤벼들어서는 "손을 떼라"라느니 "여자를 보면 눈이 뒤집히는 거냐"라느니 온갖 시비를 걸고는 도망쳤다.

주먹다짐조차 없이 욕설만 던지고는 도망치는 것이다. 도저히 전사라고 볼 수는 없었다.

아무리 배시라도 살짝 욕구불만이 쌓이고 있었다.

그러나 이곳은 투기장 대기실…… 투사들끼리의 싸움은 금지되어 있다.

역시 지금은 밖으로…….

"저기…… 저하고도 악수해주세요!"

"레미엄 고지 결전에서 드래곤을 쓰러뜨렸다는 게 정말입니까? 이야기를 들려주십시오!"

"내가 만든 검, 한 번이라도 좋으니까 들어보지 않겠나? 그리고 가능하다면 감상을……."

남자들이 쭈뼛쭈뼛하며 그런 소리를 꺼냈다.

"예예. 거기 줄 서요! 배시 씨도 한가하지 않으니까요!"

젤이 얼른 그렇게 말하자, 평소라면 "줄 선 녀석을 전부 때려눕히고 가장 앞에 서겠다" 같은 소리라도 할 것 같은 남자들은 바쁘게 대열을 만들었다.

그것은 참으로 깔끔한 이열이열종대였다고 한다.

한편 그 무렵, 프리메라는 투기장 입구에서 배시를 기다리고 있었다.

입구 근처의 기둥에 등을 기대고는 팔짱을 끼고서 짜증스럽게 다리를 떨며, 투기장에서 떠나는 사람들의 목소리에 귀를 기울이고 있었다.

"566번 오크…… 어떻게 생각해?"

"장난 아니지."

"우리는 번호도 먼데…… 본선에서 만나면 어떻게 하지?"

"기권하고 싶네…… 진짜 무리야……."

"진지하게 생각해봐. 혹시 여기서 이긴다면 너는 역사에 이름을 남길 수 있다고……!"

"그렇다면 역시나 장비를 노릴까. 배시라면 오거 열 명과 주먹다짐을 해도 여유롭게 이길 만큼 터프한 녀석이지만, 보아하니 장비는 흔해빠진 물건이야. 무기도 매번 구부러지고. 그걸 노리면, 어쩌면 나한테도 기회가……."

"오, 무신구제는 단순한 살육전이 아니라는 거, 보여주자고."

그런 말에 프리메라는 더더욱 짜증이 강해졌다.

최근 며칠을 보내며, 아무래도 배시가 그냥 오크가 아니라는 사실은 프리메라도 알 수 있었다.

오늘까지 열 번의 예선전은 고전조차 하지 않았다.

대전 상대 중에는 아무래도 배시를 아는지 결사의 각오를 다진 사람이 몇 명이나 있었다.

그뿐만 아니라 경기 시작 전에 지리고는 우는 사람까지 있었다.

우승 후보로 여겨지는 선수가 정탐하러 오고, 배시가 대결을 펼칠 때마다 관객이 늘어났다.

오늘도 관객이 드문드문 있었지만, 본선도 아닌데 구경꾼이 들어오는 일은 본래라면 드물었다.

"소문으로 들었을 때는 설마 그럴까 싶었는데, 저건 진짜야."

"장난 아니잖아. 이긴 뒤에 당연하다는 얼굴로 투기장에서 떠나는 거!"

"엄청나다고!"

돌아가는 관객의 목소리는 배시에 대한 찬사. 그리고……,

"하지만 무기가 좋지 않네."

"그래, 오늘도 구부러졌지."

"저래서는 본선에서 끝이겠네."

"도저히 살아남을 순 없겠는데……."

프리메라의 장비에 대한 비판이었다.

'저 녀석이 내 무기를 조금 더 제대로 쓴다면…….'

프리메라는 이를 갈았다.

아무래도 배시는 유명한 전사였나 보다. 전장에서 다수의 무공을 세운 맹자였나 보다.

하지만 그렇다면, 조금 더 제대로 무기를 썼으면 좋겠다.

저렇게 곤봉이라도 휘두르는 것 같은 방식으로 쓴다면 무기가 망가지는 것은 자명한 이치일 터.

검이라는 것은 날을 제대로 세워서 상대에게 수직으로 베는 것이다.

그러지 않고 힘만으로 휘두른다면 날이 빠지거나 구부러지는 것은 당연했다.

대장장이인 프리메라조차 그 정도는 안다.

날을 세워서 벤다. 그런 단순한 일조차 못 하면서 뭐가 이름 높은 전사냐.

"기다리게 했군."

그런 목소리에 프리메라는 고개를 번쩍 들었다.

그곳에는 평소처럼 아무런 생각도 없어 보이는 얼빠진 얼굴인 배시의 모습이 있었다.

손에는 제대로 구부러진 검이 있었다.

관객석에서도 봤지만 역시나 구부러졌다.

"줘!"

프리메라는 검을 낚아채고는 구부러진 부분을 찬찬히 바라봤다.

그리고 또 이를 갈았다.

도신이 곡도처럼 구부러져 있었다.

또다.

또 이렇게 구부러졌다. 옆이 아니라 세로로 구부러졌다. 부러지지도 않고 구부러졌다. 대체 검을 어떻게 사용하면 이렇게 구부러지는 것인가.

모르겠다. 프리메라로서는, 모르겠다.

처음에는 이렇게 구부러지지 않도록 이래저래 궁리해봤지만 역시나 구부러졌다. 어떻게 하면 안 구부러지는지 모르겠다.

그래서 화를 냈다.

"너 말이야! 또냐고! 이제 좀 날을 세워서 베라고, 몇 번을 말해야 알아들을 거야?!"

"그럴 생각이었다만."

"흥! 결국 못 했잖아!"

그 말에 배시는 면목 없다는 표정을 지었다.

프리메라는 그것을 보고 살짝 기분이 풀렸다.

애당초 프리메라는 전사 따위는 누구라도 상관없다고 생각했다. 약소 전사라도 자신의 무기로 승리하게 만들겠다고.

그러니까 전사의 역량이 없다고 책망하는 것은 엉뚱한 착각이었다.

그저 그 전사의 역량이 생각하던 것 이상으로 지나치게 없어서 짜증이 날 뿐이었다.

"돌아갈래! 이제 곧 본선이 시작되는데, 또 고쳐야 한다고."

어깨를 들썩여 화내며 걸어가는 프리메라.

배시는 머뭇머뭇 따라갔다.

배시의 귓가에서 요정이 작은 목소리로 무언가 말했다.

너무 작은 목소리라 들리지는 않지만, 어차피 프리메라의 악담일 것이다.

"칫!"

짜증을 감추지 못하고 혀를 찼다.

그리고 사흘 뒤, 무신구제 본선 개회식이 진행되었다.

개회식은 이상한 분위기로 뒤덮여 있었다.

관객석 분위기는 최고조. 만원인 관객석에서 열기가 피어오르고 도반가 공 전체를 활화산처럼 뜨겁게 만들었다.

반면에 투기장 안에 선 투사는 그저 조용했다.

평소라면 투사들은 주최자인 드워프 고위관의 말을 들으며 관객을 향해, 자신의 힘을 고무하기 위해 무기를 들고 함성을 지른다.

그러지 않는 자도 무사로서 떨리는 심정을 감추지 못하여 투지를 불태우고, 마음속으로 나야말로 최고라고 드높이 외친다.

모든 싸움에 승리하여 유일한 승자가 되는 것은 나다.

그런 기분을 가슴에 품고 번쩍이는 눈으로 주위를 둘러보는 것이 결승에 남은 투사다.

하지만 올해는 달랐다.

절반 이상은 긴장하고 있었다. 마치 겁먹은 새끼 양처럼 조용했다.

몇 명은 공포에 질린 새파란 얼굴로 몸을 부들부들 떨었다. 절망에 울 것 같은 사람까지 있었다.

그러지 않은 이들 대부분도 직립 부동이었다.

그들은 가슴을 펴고서 입가가 올라가 있었다.

마치 지금 이곳에 서 있다는 사실이 자랑스럽다는 듯.

이 자리에, 본선에 출전했다는 것이 아니라 그와 같은 장소에 나란히 서 있다는 사실이 자랑스럽다는 듯.

감격한 나머지 울 것 같은 사람까지 있었다.

그들이 신경 쓰는 것은 단 한 곳.

대열 후방…… 가장 뒤에 선 한 남자.

우락부락한 녹색 육체를 아낌없이 드러낸 한 오크.

무신구제는 전사의 제전이다.

많은 종족이 참가하고 있지만 결승에 남은 자는 대부분 역전의 강자다.

그리고 역전의 강자이면서 그를 모르는 사람은 없다.

혹시 그를 모르는 사람이 있다면, 전후 삼 년 사이 급격하게 두각을 드러낸 자나 운 좋게 전쟁 중에 오크와의 전장에 나서지 않았던 자다.

아니, 후자도 이름과 별명 정도는 알 것이다.

『광전사』, 『파괴자』, 『몰살』, 『미친 소』, 『호완(豪腕)』, 『녹색의 재앙』, 『용살』, 『시와나시 숲의 악몽』.

그런 별명 중에 하나 정도는 알 것이다.

오크를 구분하지 못하더라도 그 존재는 알 것이다.

『오크의 영웅』 배시의 존재를…….

그런 분위기 가운데, 개회식은 엄숙하게 진행되어 이윽고 끝났다.

투사들은 누구 하나 함성을 내지르지 않고 대기실로 돌아갔다.

예년과 다른 분위기에 술렁이는 대회장.

"올해는 이상하게 얌전하네. 규칙이라도 바뀌었나?"

"너 모르냐? 줄 뒤쪽에 서 있던 오크, 아무래도 그 녀석, 전쟁 중에 병사 십만을 혼자서 쓰러뜨렸다는 이야기가 있는 녀석이라……."

"바보 같은 소리. 그런 게 가능하겠냐."

"이봐, 내가 들은 소문은 다르다고. 듣자 하니 저 녀석은……."

그럴듯하게 흐르는 소문.

배시를 모르는 사람은 소문에 농락당하고 아는 사람은 의문을 가졌다.

어째서 녀석이 이곳에?

"역시…… 그 일인가."

"뭐, 그렇겠지. 오크가 잠자코 있을 리가 없어."

"설마 영웅을 보내다니…… 대상인들은 너무 과했지."

"올해 대회, 처참한 꼴이 벌어지겠어……."

몇 명은 짐작하고 있었다.

하지만 무언가를 할 수도 없었다.

그들은 잘 안다는 얼굴로 함께 고개를 끄덕이고, 첫 번째 대결의 시작을 긴장한 표정으로 기다릴 수밖에 없는 것이었다.

물론 진실을 아는 자는 없었다.

# 6. 무신구제 본선 첫째 날

본선 개시 직전, 대기실.

그곳에서는 프리메라가 짜증스러운 표정으로 배시를 상대하고 있었다.

"알겠지, 본선용 무기는 평소보다 기합을 넣어서 만들었어. 하지만 아마도 네 완력에는 오래 버티진 못해. 이제 날을 세우란 소리는 안 할 테니까. 네 쪽에서 뭔가 오래 버틸 방법을 생각해줘."

"알았다."

본선에서 투사와 대장장이는 각자 전용 대기실이 주어진다.

대기실에는 용광로와 모루로 간이 대장간이 마련되어 있었다. 대회에서는 이것들을 사용해서 대미지를 입은 장비를 수리하는 것이 허락된다.

다만 수리에 들일 수 있는 시간은 그다지 길지 않다.

투사의 대결이 끝나고 다음 대결이 시작될 때까지.

첫 대전은 서른두 번으로 길지만 계속 이길수록 대결 숫자가 줄어드니까 수리에 들일 수 있는 시간도 짧아진다.

당연히 분해 정비를 하거나 처음부터 부품을 만들어낼 시간은 없다.

물론 하루 만에 모든 대결이 진행되지는 않는다.

첫째 날은 세 번씩 대결해서 베스트 8을 정하고, 둘째 날 세 번으로 우승자를 정한다.

고작 세 번. 그렇지만 역전의 전사가 진심으로 맞부딪치는 대결이다. 장비에는 상당한 부하가 가해진다.

간이 수리로 대결을 버텨낸다.

그것이 본선에서 대장장이의 싸움이라고도 할 수 있을 것이다.

"어쨌든 오늘 세 번의 대결을 이겨내지 못하고서는, 우승은 그야말로 꿈같은 소리니까 말이지……."

프리메라는 자신이 없었다.

검은 혼신의 힘을 다해서 만들었다.

본선까지 며칠을 써서 공들여 만들었다. 예선에서 사용하던 것보다 훨씬 튼튼한 물건을 준비할 수 있었다고 자부한다.

하지만 대회 참가 전, 근거 없는 자신감은 솟아나지 않았다.

수도 없이 검이 구부러지고 그 원인도 알 수가 없다면 당연했다.

"어떻게든 하지."

배시는 검을 손에 들고 두세 번 가볍게 휘두르더니 그렇게 말했다.

옆에서는 젤이 장인의 얼굴로 고개를 끄덕였다. 마치 이 검은 내가 길렀다고 그러는 것만 같았다.

그때 프리메라는 젤에게 시선을 향했다.

"젤. 넌 언제까지 거기 있을 거야?"

"어?! 갑자기 뭔가요?! 있으면 안 되나요?!"

"그래, 있으면 안 돼."

"어째서?! 나는 따돌리는 건가요?! 그건 아니죠! 이제까지 셋에서 노력했는데! 어? 난 아무것도 안 했나? 했다고요?! 예를 들면…… 어라? 그 손, 조금 위화감은 없나요? 그렇지, 어젯밤에 너무 애를 쓰다가 화상을 입지는 않았나요? 근육도 붓고, 망치를 쥔 손도 어쩐지 힘이 들어가지 않았죠. 어라라, 그런데 오늘은 깨끗하네요? 손이 매끈매끈하죠? 힘도 원래 그대로! 어째서? 어째서일까요?! 아, 그런가! 내가 치료했으니까 자, 도움이 된다고요!"

"어, 응. 그건 고마워. 감사해. 하지만 이 대기실은 규칙상, 투사와 대장장이 말고는 출입금지거든."

"아, 그런가요.

그렇다, 이 대기실은 투사와 대장장이 말고는 출입금지였다.

아무리 젤이 하늘에서 날아들었다, 위에서 떨어지는 것은 금지하지 않았다고 주장해봐야 안 되는 것은 안 된다.

하물며 치료 효과가 있는 가루를 흩뿌리는 페어리.

들킨다면 단번에 배시와 프리메라는 실격될 것이다.

"으―…… 알았어요. 그럼 나는 관객석에서 당신의 용맹한 모습을 지켜볼게요. 당신, 힘내세요!"

"음."

젤이 팔랑팔랑 날아서 대기실에서 나갔다.

남겨진 것은 배시와 프리메라.

배시의 시선은 당연하다는 듯 프리메라에게 못 박혔다.

프리메라는 대장장이 일에 대비해서 얇은 옷차림이었다.

커다란 가슴 계곡이 흘끗흘끗 엿보여서 동정인 배시의 마음에 불을 지폈다.

"뭐, 뭐야. 빤히 쳐다보고…….."

"안심해라. 보는 것뿐이다. 오크 킹의 이름으로 다른 종족과의 동의 없는 성교는 금지되어 있으니까."

"으으…… 뭐, 보는 것 정도라면 상관없지만…… 나, 나 같은 거, 별로 귀엽지도 않잖아?"

"그렇지는 않다."

"그, 그런가…… 꽤, 꽤나 이상한 취향이네."

프리메라는 나쁜 기분은 아니었다.

생각해보면 프리메라가 태어난 지 십여 년.

하프 휴먼이기에 드워프의 미적 감각에서는 벗어난 위치에서 살았다.

남자와는 인연이 없어서 구애를 한 것은 배시가 처음이었다.

"어, 어쨌든. 아까도 말했지만 우선은 1회전이야. 아까 토너먼트표를 보고 왔는데, 1회전 상대는 강호야. 오거 고르고르. 알고 있지?"

"물론이다. 어깨를 나란히 하고 싸운 적도 있지."

"그럼 얼마나 강한지도 알겠네."

"의지할 수 있는 전사다."

"우선은 그 녀석을 돌파해야만 해……."

"음."

배시는 고개를 끄덕였다.

여전히 프리메라는 그의 표정을 헤아릴 수가 없었다. 평소 그대로인 것처럼도 보였고, 평소와 다르게 긴장한 것처럼도 보였다.

"역시 어려울까?"

"아니, 문제없다. 나는 우승을 노릴 생각이다."

프리메라는 눈을 크게 뜨고서 배시를 마주봤다.

배시는 여전히 프리메라를 보고 있었다.

올곧은 눈. 우승할 수 있다고 믿어 의심치 않는, 그런 눈이었다.

이제까지 한두 번 휘두른 것만으로 구부러진 검을 손에 들고 있었을 텐데도⋯⋯.

"⋯⋯우승, 인가."

우승은 어렵다고 프리메라는 생각했다.

확실히 프리메라도 처음에는 우승을 목표로 했다.

하지만 지금은 현실적으로 어렵다고 생각했다.

이유는 배시였다.

어쨌든 이런 말도 안 되는 힘의 전사가 잘못이다. 이 녀석이 조금 더 제대로 된 전사라서 힘이 아니라 기량으로 검을 휘두르는 녀석이라면 우승할 수 있을 것 같은데⋯⋯.

뭐, 이번에는 어려울 것이다.

실력 없는 전사를 뽑아버린 것이 잘못이다.

우승은 어렵지만, 하지만 프리메라에게는 이기고 싶은 상대가 있다.

"어쨌든, 오늘이야! 첫날 3회전. 적어도 거기까지는 이기는 거야! 알겠지?!"

"물론이다."

첫날 3회전.

그때 만나는 것은 코로라는 비스트족 전사. 행실은 나쁘고 좋은 평판이라고는 없는 전사지만 실력은 확실하다.

그건 상관없다.

문제는 그의 장비를 만든 인물이었다.

바로 그것이 프리메라가 어떻게든 이기고 싶은 상대였다.

계속 자신을 내려다보던 상대.

설령 배시가 멍텅구리 전사라도 이 녀석만큼은 이기고 싶다. 이겨야만 한다.

그런 기분이 강하게 남아 있었다.

"배시 경! 이제 곧, 대결이 시작됩니다!"

그때 직원이 부르러 왔다.

"좋아, 그럼 다녀와!"

프리메라가 배시의 드러난 어깨를 찰싹 때렸다.

배시는 여성치고는 결코 부드럽지는 않지만, 허나 그에게는 충분히 부드러운 그 손바닥의 감촉을 몇 초 정도 즐긴 뒤,

"……그래!"

그렇게 기합이 담긴 말로, 대기실을 나서는 것이었다.

◆ ◆ ◆

**제1회전 배시 대 고르고르**

투기장에 선 것은 두 남자.

하나는 적갈색 피부의 남자.

키는 사 미터 이상, 이상하게 발달한 어깨와 턱이 특징적인 종족.

오거였다.

손에 든 것은 그런 몸 크기에 걸맞은, 폭 넓은 검. 몸에 걸친 것은 금속제 갑옷이었다.

오거 고르고르.

전쟁 중에는 『철의 거인』이라는 이명을 가지고 네 종족 연합을 공포에 빠뜨린 남자이기도 해서 드워프라면 모르는 이는 없을 것이다.

이번 대회에 참가한 이유는 전쟁 중에 우연히도 알게 된 친구가 계기였다.

친구는 전쟁 중에 포로로 붙잡힌 드워프.

포로 시절에 사소한 일로 의기투합한 둘은 전후로도 교우를 다지며 투사와 대장장으로서 매년 이 대회에 출전했다.

재작년 대회는 16등, 작년은 8등. 결과는 부진하지만 그것은 친구인 드워프가 그의 신장에 맞는 무기를 만들지 못했기 때문.

실력이라면 대회에서도 상위. 우승 후보로서도 명성이 높은 전사였다.

상대는 신장 이 미터 남짓.

녹색 피부의 일반적인 오크 전사.

하지만 특징 없는 외모와는 다르게 그 역시도 유명한 남자였다.

『오크의 영웅』 배시.

오크 최강의 남자.

그 모습을 모르는 이는 있어도 그 이름을 모르는 이는 없다. 온

갖 재앙의 이명을 가진 남자.

"이것 참, 1회전부터 재밌어 보이는 카드인데."

"고르고르의 완력은 대회에서도 손꼽히지. 어떠한 오크일지라도 정면에서 붙으면 승산은 없겠네."

"배시가 어떻게 고르고르의 품으로 파고드는지가 열쇠인가……."

관객은 1회전부터 좋은 카드를 볼 수 있다며 흥분했다.

하지만 일부 관객은 떨고 있었다.

"……그렇다는데."

"부럽네. 저 녀석이 얼마나 위험한지 모른다는 거……."

"그래, 이제부터 시작되는 건 대결이 아니라고. 일방적인 처형이야."

그들은 비통한 얼굴로 역전의 오거를 보고 있었다.

고르고르가 이제부터 비참한 고깃조각으로 변한다는 사실을, 그들은 알고 있었다.

왜냐면 전쟁 중, 수도 없이 동료가 배시의 손에 그렇게 되었으니까.

갑옷 따위는 관계없다.

어떠한 명공이 단조한 갑옷을 입었을지라도 이 오크의 일격은 갑옷을 잔해로 바꾸어버렸다.

『파괴자』는 마을만이 아니라 모든 것을 파괴한다.

적어도 고르고르는 살아서 돌아갔으면 좋겠다.

그것이 배시를 아는 이들의 솔직한 바람이었다.

"배시."

"고르고르인가.  오랜만이군."

그런 관객의 우려를 아는지 모르는지, 고르고르는 살짝 기뻐하는 표정으로 배시에게 이야기를 건넸다.

배시 역시도 조금 부드러운 표정이었다.

그들 역시도 서로를 알고 있었다.

"레미엄 고지 결전 이후로 처음, 인가. 건강, 했는가?"

"그래."

"잘도, 오크 킹, 허가, 나라 나오는."

"총명하고 도량이 넓은, 자비 깊은 분이시니까."

"훗."

고르고르는 코웃음 쳤다.

분노와 살육의 화신이라고도 할 수 있을 오크 킹 네메시스를 『자비 깊다』 같은 식으로 말할 수 있는 것은 전 세계를 뒤져봐도 배시뿐이리라.

"그럼."

짧은 대화 후, 고르고르는 검을 들었다.

칼끝은 하늘을 가리키고 배시를 그림자로 뒤덮었다.

지금 그의 표정은 딱딱하게 일그러져 있었다. 입가를 굳게 다물고 어금니를 악문 것이었다.

용감한 오거의 얼굴이었다.

절대로 이길 수 없다는 것을 아는 상대, 도전하면 죽을 것을 아는 상대에게 도전할 때를 맞이한 남자의 얼굴이었다.

"할까."

"음."

배시가 검을 들자 분위기가 단숨에 차가워졌다.

그저 자세였다.

정말로 검을 휘두르기 편하도록 자세를 잡았을 뿐인, 심플한 형태. 하지만 그곳에서 틈을 찾아낼 수 있는 자는, 고르고르는 물론 관객 중에도 누구 하나 없었다.

승부는 한순간에 결정된다고 누구라도 이해할 수 있었다.

술을 마시는 드워프는 양손에 든 술을 입가로 가져가는 것을 잊었다.

어머니에게 안겨서 마구 울던 갓난아기는 입을 닫고 숨을 삼켰다.

그럴 만큼 배시의 자세에서는 절대적인 강함이 배어 나왔다.

상대하는 고르고르가 비통하게 보일 정도로.

"으음!"

고르고르가 움직였다.

검을 아래로 휘두르는, 특이할 것 전혀 없는 일격. 견제이면서도 직격하면 상대를 없애버리는 압도적인 질량.

굉음. 흙먼지가 둥실 피어오르고 흙덩어리가 흩날렸다.

배시의 시야가 차단되었다.

관객들 모두가 그렇게 생각한 순간, 흙먼지 안에서 무언가가 튀어나왔다.

관객은 그것이 고르고르의 살점이라고 생각했다.

특히 전장에 오래 있던 전사일수록 그렇게 생각했다.

왜냐면 이제까지 배시에게 도전한 병사들은 전원 그렇게 되었으니까.

한 번이라도 배시와 상대한 적이 있는 자는 그 기억이 또렷이 뇌리에 남아 있으니까…….

하지만, 아니었다.

살점도, 피보라도 아니었다.

『무언가』는 휘잉 가벼운 소리를 내며 날아가더니 또다시 굉음과 함께 투기장 지면에 착탄, 흙먼지를 피워 올렸다.

그때 그『무언가』의 정체가 명확해졌다.

그것은 쇳덩어리였다.

드워프에게, 아니 이 자리에 있는 모두에게 익숙한 형상인 그것을 사람은『칼끝』이라 불렀다.

확인했더니 고르고르가 휘두른 검은 중간부터 앞쪽이 사라진 상태였다.

심판이 외쳤다.

"승자, 배시!"

한순간에 벌어진 일이었다.

결론부터 말하자면, 배시가 고르고르의 검을 쳐서 부러뜨렸으리라는 것은 예상이 갔다.

혹은 고르고르가 검을 지면에 후려친 결과로 부러진 것처럼도 보였지만, 결승에 남을 법한 투사의 검이 지면에 후려치는 정도로 부러져 날아갈 리도 없다.

함성은 없었다.

모두가 무슨 일이 벌어졌는지 거의 이해하지 못했다.

설마 『파괴자』 배시가 적당히 봐주기라도 한 것일까……라고.

배시는 검을 다시 칼집에 넣더니 대기실로 돌아갔다.

고르고르는 망연자실해서 그의 뒷모습을 봤다.

관객들은 그가 또다시 날뛰지는 않을지 걱정했다.

작년 대회에서는 무기가 파괴되고서도 패배를 인정하지 못하여 고르고르는 계속 날뛰었다.

올해도 그렇게 될지도 모른다고.

하지만 그는 이윽고 체념한 듯 눈을 감더니 무릎을 꿇고 양손 주먹을 지면에 댔다.

그것은 오거족의, 패배의 예법이었다.

오거에게 굴욕적인, 하지만 절대적인 강자에게는 해야만 한다고 일컬어지는 예법…….

무슨 일이 벌어졌는지 그 누구도 알 수 없었다.

하지만 다름 아닌 고르고르가 패배를 인정했음은 이해했다.

작년, 피투성이가 되면서도, 전사 몇 명이 한꺼번에 억누른 상태에서도 자신은 아직 지지 않았다고 외치던 고르고르가 오직 일격, 그것도 자신의 몸에 상처조차 입지 않았는데 전의를 상실했다고.

그 사실이 관객들 사이로 스며들고…… 이윽고 굉음 같은 함성이 터졌다.

◆ ◆ ◆

## 제2회전 배시 대 게돈

배시가 투기장에 섰을 때, 아직 상대는 오지 않았다.

배시는 검을 든 채로 당당하게 상대를 기다리기로 했다.

하지만 아무리 기다려도 상대는 오지 않았다. 관객석에서는 야유가 터지고 투기장을 뒤덮었다.

이윽고 드워프 하나가 투기장에 나타났다.

그것을 1회전 당시에 배시를 부르러 온 드워프였다.

그가 상대인가. 그렇게 생각하여 배시는 검을 들었지만 드워프는 검을 들고 있지 않았다.

허리에 찬 빨간색 깃발을 뽑아 들고 전체에게 보이도록 휘둘렀다.

야유가 더욱 강해지고…….

"승자, 배시!"

배시의 승리가 선언되었다.

게돈은 기권이었다.

## 제3회전 배시 대 코로

그리하여 배시는 제3회전에 진출했다.

배시가 투기장으로 얼굴을 내밀자 대전 상대의 모습은 아직 보이지 않았다.

배시는 눈을 감고 대기실에서 프리메라와 나눈 대화를 떠올렸다.

프리메라는 2회전의 부전승에 기뻐하더니, "다음이야. 다음이야말로 중요해……"라고 스스로를 다잡듯이 격려해주었다.

가죽 상의 한 벌만 입은 그녀의 모습은 배시의 의욕을 부쩍부쩍 끌어올려주었다.

프리메라는 기뻐했지만 배시로서는 2회전 상대가 기권한 것은 아쉬웠다.

1회전 후에 프리메라는 배시의 장비를 용광로로 수리했는데, 그때 프리메라가 일하는 모습은 참으로 아름다웠으니까.

망치를 휘두를 때마다 가슴이 출렁거리고, 땀을 닦을 때마다 겨드랑이가 보였다. 겨드랑이가 보이자 평소에는 좀처럼 볼 수 없는, 가슴 안쪽을 옆에서 관찰할 수도 있었다.

배시는 덮치고 싶다는 충동을 억누르느라 필사적이었다.

"호랑이의 문에서 입장! 투사 코로!"

그때 배시의 정면에서 한 남자가 들어왔다.

검은 털에 짐승의 이목구비를 가진 남자.

아직 젊었다.

아마도 배시보다 몇 살은 연하일 것이다.

코로. 그 이름은 배시도 알고 있었다. 젊은 나이에 비스트군의 특공대장이었던 남자다.

비스트군의 특공대장이라면 적진 깊이 침투하여 내부에서 본대와 협공을 가하는 것으로 유명했다.

자살 같은 그 전술을 활용하며 죽지 않고 종전을 맞이한 남자.

실력은 이미 보증되었다.

그뿐만 아니라 전쟁 중에 낭아대광장(狼牙大光章)을 받았다.

전장에서 가장 용감하여 몇 번이나 승리를 이끌어낸 자에게 주어지는 훈장이다.

'흠.'

그리고 여기서부터는 배시가 모르는 이야기다.

훈장을 받은 특공대장 코로.

그런 전과라면 오크의 나라에서는 아무런 불편함 없이 지낼 수 있을 정도의 지위가 약속된다.

그런 존재가 어째서 이런 곳에 있는가.

그것은 나쁜 행실이 원인이었다.

그는 전후, 수도 없이 폭력 사건을 일으켰다. 그 결과로 비스트 나라에서는 더 이상 머무를 수가 없어서 쫓겨나듯이 나라를 나오고, 여러 나라를 방랑한 끝에 이곳 도반가 공으로 흘러든 것이었다.

당연히 도반가 공에서도 그런 나쁜 행실은 변함이 없었다.

다만 도반가 공에는 단 하나, 다른 지역과 다른 점이 있었다.

그렇다, 이곳 도반가 공에는 투기장이 있었던 것이다.

강함이야말로 최고라 믿어 의심치 않는 이 남자는, 전후의 평화로운 세계에서 간신히 자신이 있을 곳을 찾아낼 수 있었던 것이다.

하지만 작년의 무신구제에서는 제대로 쓴맛을 보게 되었다.

그의 작년 성적은 2회전 탈락.

첫 출장이면서도 건투했다고 할 수 있겠지만 그는 불타올랐다.

기술을 갈고닦고, 숙이고 싶지도 않은 머리를 숙였다.

하지만 나쁜 행실 탓에 무신구제에서 가장 중요한 것을 손에 넣지 못했다.

그렇다, 장비다.

그런 그에게 나타난 것은 어느 드워프였다.

그 드워프는 시원스러운 말투로 코로의 나쁜 행실을 질타했다.

『그렇게나 겁먹은 강아지처럼 짖어대지 말고 좀 더 당당하게 굴어.』

코로는 울컥해서는 그 대장장이를 두들겨 패서 격퇴했지만, 역시나 드워프라고 해야 할까. 다음날에는 태연한 얼굴로 나타나서 역시나 코로의 나쁜 행실을 또 질타했다.

『한 번이라도 괜찮으니까 내 말대로 해봐.』

드워프는 몇 번이나 그렇게 말했다. 코로는 그 말을 어디 들어줄까 보냐고 생각했지만, 어느 날 문득 변덕스럽게 드워프의 말을 따라봤다.

투기장에서 상대를 쓰러뜨린 직후였다.

평소였다면 걷어차고 더러운 말로 매도하며 침을 뱉었을 상대를 부축해서 일으켜본 것이었다.

그 싸움은 무척 고전했다. 코로도 지쳐서 끝을 낼 기운도 남지 않았기에 틀림없이 마음이 흔들린 것이라 생각한다.

다음 순간, 코로는 축복받았다.

투기장에 있던 모든 손님이 찬사의 말을 건넸다.

전쟁이 끝난 뒤로는 받은 적 없는 찬사의 말이었다.

코로는 그날부터 조금 변했다.

나쁜 행실 자체는 그다지 변하지 않았다.

태도는 건방지고, 길가에 침을 뱉고, 대결 전에 더러운 말로 상대를 매도한 적도 있다.

하지만 적어도 패배한 상대를 짓밟지는 않게 되었다.

그것을 알고 그를 질타한 드워프는 기뻐했다.

하면 할 수 있지 않느냐며 코로를 칭찬해주었다.

코로는 기분이 좋아져서 그 드워프에게 무신구제에서 사용할 장비 제작을 부탁해봤다.

드워프는 조금 놀랐지만 금세 쾌히 승낙해주었다.

그로부터 몇 개월, 드워프는 시행착오를 거듭하여 코로에 몸에 맞는 장비를 만들어주었다.

대장장이가 있고, 장비도 있다.

만전의 태세로 올해 대회에 임하게 되었다.

그런 그에게 힘을 빌려준 드워프 대장장이.

이름은 카르메라도반가라고 한다.

"……."

관객은 코로가 배시를 앞에 두고 틀림없이 더럽게 매도할 것이라 생각했다.

이제까지 계속 코로는 그렇게 했다. 싸우기 전에 상대를 반드시 비웃고 멸시했다.

그러니까 이번에도 그렇게 상대를 바보 취급하고, 무참하게 패배하라고 생각했다.

하지만 그렇지 않았다.

그는 대결 전에 꼬리를 말고 배시에게 인사를 한 것이었다.

이제까지 없었던 일이다.

코로가 대결 전에 상대를 위협하는 일은 있어도 인사를 한 적은 없었다.

비스트 전사가 인사를 한다……

그것은 명백하게 자신보다 격이 높은 전사에게 한 수 배울 때뿐이다.

코로는 인정한 것이다. 배시가 자신보다 격이 높은 상대임을.

그 후의 자세도 항상 상대를 멸시하던 그것이 아니었다.

자세를 깊이 낮추고, 몸을 반쯤 기울이고, 검을 입에 물 수 있을 것 같은 위치에서 옆으로 드는, 비스트군 검술의 정식 자세.

경지에 이른 그 자세였다.

"당신과 싸울 수 있어서 영광이야…… 입니다."

코로 스스로가 자신이 이런 얌전한 태도를 취할 줄은 몰랐다.

설령 용사 레토가 상대일지라도 자신이 더 강하다, 뭣하면 증명해주겠다고 단언했을 것이다.

하지만 자연스럽게 그런 인사를 하고 자연스럽게 말이 흘러나왔다.

이유는 코로로서도 알 수 없었다.

다만 이곳은 무신구제 3회전.

작년에는 다다르지 못했던 장소, 자신 혼자서는 올 수 없었던 장소.

상대는 오크의 영웅 배시. 전장에 오래 있던 자라면 모르는 이가 없는 역전의 전사.

그렇기에 이렇게 해야 한다고 코로는 생각한 것이었다.

자신이 어째서 이런 태도를 취했는지 의문으로 여기지 않았다.

"음."

배시 또한 고개를 끄덕이고 검을 들었다.

대결은 조용히 시작되었다.

코로는 소리도 없이 달려서 배시 오른쪽으로 돌아 들어갔다.

급브레이크와 급선회, 배시 오른쪽에서 왼쪽으로, 빠지듯이 뛰어들고 검을 휘둘렀다.

일섬(一閃).

어느샌가 배시는 팔을 휘둘렀고 코로는 강아지처럼 날아갔다.

높이는 몇 미터. 그의 몸은 콜로세움 벽을 가볍게 넘어서 관객석으로 처박혔다.

다행히도 말려든 관객은 없었다.

하지만 코로의 입장에서 보면 불행히도 쿠션이 될 존재가 없었다고 할 수 있었다.

코로는 일어서지는 못했다.

"승자, 배시!"

대결은 금세 끝났다.

배시의 승리로.

코로는 일부 관객의 예상대로 무참한 패배를 맛보았다.

하지만 그런 그를 비웃는 이는 없었다. 그러기는커녕 드문드문

박수도 보내는 것이었다.

이리하여 배시의 결승 토너먼트 출전이 결정되었다.

# 7. 미숙한 자와 노예

무신구제 3회전 돌파.

그것은 무척 명예로운 일 중 하나다.

투사는 자신의 힘을, 대장장이는 자신의 실력을 각각 증명했다고 할 수 있다.

적어도 도반가 공에서는, 몇 년은 자랑할 수 있다.

"……."

하지만 프리메라의 마음은 화창하다고 하기는 힘들었다.

확실히 목적은 달성했다.

3회전에서, 자신의 만든 장비를 착용한 투사가, 언니가 만든 장비를 착용한 투사를 쓰러뜨렸다.

어때, 봤느냐, 내가 더 위야.

두 번 다시 모자란 반편이라고 그러지는 못하겠지.

그런 기분이 들 것이라 생각했다.

'…….'

하루의 대결을 마치고 자신의 공방으로 돌아온 프리메라는 복잡한 표정이었다.

그녀의 손에 들린 것은 배시가 대결에서 사용한 검이다.

세 번의 대결을 넘어선 검.

그것은 당연하다는 듯…… 똑바로 뻗어서 끝이 둔탁하게 빛나고 있었다.

이제까지처럼 구부러지지는 않았다. 그러기는커녕 날이 빠지지도 않았다.

자신의 실력이 늘었으니까, 정성을 담은 한 자루니까 구부러지지 않았다?

아니다.

프리메라는 작업대 위에 놓아둔 갑옷 토시로 시선을 향했다.

그곳에는 으스러져서 엉망진창이 된 토시가 있었다.

손목과 주먹을 방어하기 위한 토시.

당연히 배시에게 맞추어서 무척 두껍고 튼튼하게 만들었기에, 예선에서는 걸쇠가 느슨해진 적은 있어도 손상을 입지는 않았다.

하지만 지금 토시를 구성하는 철은 우그러지고 갈라져 있었다.

마치 무언가가 고속으로 부딪친 것 같이 부서졌다.

'토시로 상대를, 때렸구나.'

배시는 검을 쓰지 않았다.

그 증거로 1회전에서도 수리한 것은 검이 아니라 토시였다.

고르고르의 대검을 토시로 박살 내서 승리한 것이었다.

'방법을 생각하라고는 했지만……'

갑옷으로 상대를 때린다.

규칙을 따지자면 한없이 회색지대다.

이번 대회에서는, 무기는 검만 허락된다. 형상을 통일하여 강도의 공평성을 유지하는 것이 목적이다.

당연히 대결 중에 다른 무기를 다루는 것은 규칙 위반. 갑옷을 무기로 사용하는 것은 반칙이다.

하지만 격렬한 승부가 벌어진다면 검만 사용하는 공격으로 그치지 않을 상황도 나온다.

팔꿈치나 무릎, 박치기를 순간적으로 펼치는 선수도 다수 있다.

그것들을 모두 반칙으로 취급할 만큼 드워프의 무투대회는 섬세하지 않았다.

다시 말해 갑옷으로 때리는 것 자체는 괜찮다.

물론 명백하게 무기의 형상인 갑옷이라면 실격이겠지만……

프리메라가 만든 갑옷은 일반적인 형태니까 그럴 걱정은 없다.

그러나 갑옷은 갑옷이다.

이런 식으로 사용하는 것을 상정하지 않았다. 수선은 가능하지만 완벽히 원래대로 되돌릴 수는 없다.

언젠가 한계를 맞이하여 부서져 버릴 것이다.

검은 쓰지 않고 갑옷은 상정하지 않은 방법으로 사용한다.

대장장이로서 이만한 굴욕은 달리 없다.

아무리 그래도 이러고서 이겼다며 자랑스러워할 만큼 프리메라는 바보가 아니었다.

"어쨌든 갑옷은 고쳐야지……."

프리메라는 그렇게 말하며 금속 주괴를 넣어둔 상자를 들여다보고 복잡한 표정을 지었다.

그곳에 들어 있는 금속 주괴는 그저 흔한 철이었다.

프리메라가 광석 중에서 골라낸 질 좋은 철이지만 양이 조금 적었다.

평범하게 생각하면 대회가 끝날 때까지 충분히 버틸 양은 남아 있지만…….

"이대로 갑옷만 계속 부서진다면 이걸로는 부족하겠네……."

거기까지 말하고 말문이 막혔다.

생각해보면 배시는 검을 망가뜨리기는 했지만 갑옷은 이제까지 한 번도 망가뜨린 적은 없었다.

무기만 망가뜨리며 항상 여유롭게 승리를 거두었다.

"……."

그 사실에 프리메라는 가슴에 따끔한 통증을 느꼈다.

하지만 그것을 언어화하기 전에 다리가 움직이고 있었다.

옆방에서 페어리와 무언가를 대화를 나누던 배시에게 말을 건넸다.

"자! 네가 방어구까지 부수기 시작했으니까 재료가 부족해졌어. 사러 갈 테니까 따라와."

"음. 알았다."

배시는 3회전을 치른 피로 따위는 없는 것처럼…… 아니, 실제로 없을 테지만, 어쨌든 일어서더니 프리메라를 따라갔다.


그리하여 또다시 광석 시장을 방문했다.

프리메라로서는 철이 들었을 때부터 수도 없이 발길을 들이고 광석 보는 눈을 기르던 장소다.

이제 와서는 어느 가게에 어떤 광석이 있는지, 품질은 어떤지, 금액은 적정한지…… 그런 사실을 모두 알고 있다.

판별에 시간이 걸리지도 않는다.

최고급 광석은 바로 알 수 있고, 가장 좋은 물건이 아니더라도 실력만 있다면 일류 장비로 만들어낼 수 있다고 믿었으니까. 그리고 자신에게는 그런 실력이 있다고도.

그러니까 평소에는 금세 필요한 것을 구입해서 돌아갔다.

무엇 하나 망설이지 않고.

"음……."

그런 프리메라는 지금 고민 중이었다.

광석 더미 앞에서 하나하나 손에 들고, 복잡한 표정을 짓고는 다시 선반에 놓았다.

회색 덩어리 더미를 보는가 싶더니 고개를 가로젓고 적갈색 더미로 걸음을 옮겼다. 그곳에서도 역시나 복잡한 표정을 짓고는 입술을 깨물고 고개를 가로저었다.

"정말이지—, 광석 하나 사는데 대체 얼마나 걸리는 건가요?!"

그런 프리메라를 보고 답답해하는 것은 어느 페어리였다.

이 페어리가 이렇게 답답해한 적은 없었는데.

"……다음은 결승전이야. 아무리 고민해도 부족할 정도겠지."

"하~아. 알겠나요? 그야 고민하는 것도 중요하지만, 이럴 때까지 고민하면 안 돼요. 물건을 산다는 건 말하자면 전장이에요! 전장에서는 처음에 자신이 무엇을 해야 할지 사전에 정해두잖아요! 그러니까 물건을 살 때도, 집을 나서기 전부터 무엇을 살지 정해두는 법이에요. 그야 파는 곳에 왔더니 시선이 가는 경우도 있겠지만, 목적 그 자체를 우선 착착 사고서 남은 돈으로 어떻게 할지 정하면 그만이에요! 그렇죠, 당신!"

"그렇군. 전장에서의 망설임은 죽음으로 이어지지. 이제껏 그렇게 죽는 자는 몇 번이나 보았다. 특히 결전을 내일로 앞두었을 때 망설이던 자는 대부분 죽었지."

"그렇다면!"

프리메라는 배시의 말에 돌아봤다.

그녀의 표정은 평소와 달랐다.

미간을 추어올리고 이는 드러내어 평소에 화난 표정 그대로지만, 움켜쥔 주먹은 떨리고 눈에서는 동요와 망설임이 엿보였다.

"그렇다면…… 뭐야?"

"……."

프리메라는 이어질 말을 꺼내지 못했다.

그다음의 말은, 해서는 안 될 것 같았으니까.

말했다가는 자신이 소중하게 생각하는 무언가가 무너져버릴 것 같았으니까.

"너, 너라면, 어떻게 생각해? 갑옷 재질."

"나는 광석에 대해서는 잘 모른다."

"하지만 어떤 갑옷이 좋다든지, 있을 거 아냐? 결전을 내일로 앞두었을 때, 이런 갑옷을 입는다면 안심이라든지."

기대는 크게 하지 않았다.

생각해보면 이 오크는 이제까지 한 번도 주문을 덧붙인 적이 없었으니까.

아니, 그렇지 않다. 프리메라가 말하게 두지 않았던 것이다. 네가 서투르니까 네가 어떻게든 하라고 계속 그러면서 그 이상의 대화를 하지 않았으니까.

그렇다고는 해도 엉성한 배시한테서 제대로 된 답변이 돌아오리라 생각하지는 않았다.

돌아오더라도 튼튼하면 그만이라든지 그런 느낌이라 예상했다.

"갑옷은 익숙한 게 좋다. 내일은 결승전인데, 지금 갑옷에도 익숙해진 참이지. 더욱 튼튼해서 나쁠 건 없겠지만, 가능하다면 크게 바꾸지 않는 편이 낫다."

"뭐?"

"아니…… 조금 더 깊이 파고드는 편이 나을까. 복사뼈 부분만큼은 조금 더 어떻게든 해다오."

"……"

배시의 말은 예상 그대로 대략적인, 결코 구체적이라고 할 수는 없는 내용이었다.

하지만 프리메라는 바위로 머리를 얻어맞은 것 같은 기분이었다.


그 후, 프리메라는 배시와 헤어졌다.

프리메라가, 배시가 공방에 있으면 마음이 흐트러지니까 술이라도 마시고 오라며 쫓아내는 모양새였다.

물론 그 말에 기운이라고는 없었지만…….

어쨌든 결국 광석은 구입하지 않았다.

재질을 바꾸지 않아도 된다면 재고는 충분히 있으니까.

프리메라는 용광로 앞에서 머―엉하니 있었다.

다음은 결승전. 검에 갑옷, 개량해야 할 곳은 개량하고 고쳐야 할 곳은 고쳐서 더욱 좋게 만들어야 한다는 의식은 있었지만 손은 움직이지 않았다.

어떻게 움직이면 좋을지 알 수가 없었다.

"?"

그때, 공방 문을 두드리는 사람이 있었다.

똑똑, 조심스럽게 두드리는 문.

배시가 돌아온 것치고는 조금 일렀다.

드워프와 마찬가지로 오크도 술을 좋아할 테니까 날짜가 바뀔 즈음까지는 마실 것이다.

그렇게 생각한 참에 프리메라는 그대로 굳어버렸다.

내일 결승 토너먼트에 나서는 8강 투사들.

그중에는 도반가 일족의 장남인 바라바라도반가의 이름도 있었다.

설마 그의 승리를 위해 도반가 일족 중 누군가가 자객을 보낸 것은……

하지만 프리메라는 금세 고개를 가로저었다.

'아니, 그렇다면 노크를 하진 않겠지.'

방해한다면 조금 더 화려하게 할 것이다. 문을 박살 내고 프리메라의 공방을 철저히 파괴한 다음, 의기양양하게 돌아간다.

그 정도는 할 터.

그런 생각에 프리메라는 아무 경계 없이 문을 열었다.

"……!"

그러자 그곳에는 예상하지 않은 인물이 서 있었다.

아니, 예상하지 않았다면 거짓말이리라.

그녀는 꿈꿨으니까.

무신구제에 나가서 제대로 한 방 먹여주고, 자신을 바보 취급하던 녀석이 눈물을 흘리며 무릎을 꿇고 사죄하는 것을.

"언니……."

"여어……."

그곳에 있던 것은 카르메라도반가.

언니였다.

다만 그녀는 무릎을 꿇지는 않았다. 거북하다는 표정으로 팔짱을 끼고 서 있었다.

"뭐 하러 왔어."

"뭐…… 그게. 말하고 싶은 건 있지만, 결과는 냈으니까."

3회전 상대.

비스트 전사 코로.

배시가 일격으로 쓰러뜨린 상대.

카르메라는 둘째 날에 남지 못하고 프리메라는 남았다. 그것이 결과다.

"이제까지, 미안했어. 널 너무 얕봤나 봐."

카르메라는 그러더니 허리에 찬 술병을 프리메라에게 내밀었다.

사죄와 찬사는 술과 함께. 드워프의 상식이다.

이 술을 받으면 프리메라는 사죄를 받아들이게 된다.

"……."

하지만 프리메라는 술로 손을 뻗지 않았다.

"역시, 용서해주진 않을 거니?"

쓴웃음 지으며 술을 거두는 카르메라.

"……."

프리메라의 심경은 복잡했다.

자신은 분명히 이 순간을 바랐을 터.

이 술병을 받고 "두 번 다시 어머니 험담은 하지 마"라며 쏘아붙이는 것이 꿈이었을 터.

하지만 프리메라의 손은 움직이지 않았다.

"어쨌든 8강 진출 축하해."

"응……."

"뭐야, 좀 더 기뻐할 거라 생각했는데. 우울한 얼굴이네."

확실히 배시는 코로에게…… 언니의 투사에게 이겼다.

그렇다면 그것은 프리메라의 승리라고 할 수 있을까?

할 수 있을 리가 없다.

검은 구부러지고 갑옷은 우그러졌다.

배시의 호쾌한 진격을 보고 있으면 알 수 있다.

배시는 힘을 조절하고 있다. 우승을 목표로 열심히, 장비가 상하지 않도록 힘을 조절해서 적을 쓰러뜨리고 있다. 장비란 자신을 보호하기 위해서 착용하는 것일 텐데.

부끄러워해야 한다고 프리메라는 생각했다.

자신이 만든 갑옷으로 오히려 배려를 받는 대장장이가 어디 있겠는가.

"이제 가줘……."

"……하아, 또— 삐친 거야? 그러니까 미숙하다고 그러는 거라고. 그야 일류 전사한테 장비를 만드는 건 어렵지. 배시라는 전사가 얼마나 유명한지 나는 모르지만, 대결을 보면 톱클래스라는 건 알 수 있어. 아버지가 다른 드워프의 장비에 만족하지 못했던 것처럼, 일류 전사는 어지간한 장비로는 만족하기가……."

"됐으니까 가!"

프리메라에게 떠밀려 카르메라는 몇 걸음 정도 휘청거렸다.

"너 말이지, 그러니까……!"

분노로 비난하려던 카르메라는 숨을 삼켰다.

프리메라의 눈에서 눈물이 흐르고 있던 것이다.

생각해보면 프리메라는 별로 울지 않는 아이였다.

무슨 소리를 들어도 이를 악물고서 화내거나 허세를 부릴 뿐, 울지는 않았다.

"……알았어. 나는 이만 갈게."

카르메라는 그렇게 말하더니 발길을 돌렸다.

하지만 몇 걸음 가다가 문득 멈춰 섰다.

"하지만 말이지, 프리메라. 너, 슬슬 인정하지 않으면 힘들어질 거야……."

마지막으로 그런 말을 남기고 그녀는 떠났다.

프리메라는 그것을 지켜보지도 않고 공방으로 돌아와서는 우두커니 섰다.

눈앞에는 부서진 오른쪽 토시와 수선의 흔적이 짙게 남은 왼쪽 토시가 있었다.

그리고 아마도 배시가 휘두르면 구부러질, 폭넓은 대검이.

"어쩌면 좋으냐고."

프리메라는 코를 훌쩍이며 그렇게 중얼거렸다.

◆ ◆ ◆

그 무렵, 배시는 술집에 있었다.

본선 첫째 날을 무사히 통과했다며 젤과 함께 조촐한 축배를 들고 있었다.

전사로서 싸움에 승리하고 축하하는 자리는 무엇보다 중요하다.

승리란 기뻐할 일이니까 기쁘지 않다면 거짓말이다.

오크의 경우, 본래라면 그에 여자를 마음대로 범하는 것도 포함되지만…….

그것은 둘째 날의 우승 이후로 간직해두면 된다.

여하튼 내일 승리하면 합법적으로 신부를 손에 넣고 마음껏 상대하는 매일이 기다리니까.

"그때 바로 배시 씨의 등장이에요! 배시 씨는 도착하더니 주위를 찬찬히 둘러보고…… 쓰러진 동료, 기세를 탄 적병. 배시 씨가 가만히 있을 리가 없죠! 울부짖는 그 모습! 날아가는 적병! 활활 타버릴 정도의 히트!"

"오오오오~!"

배시의 자리에서는 젤이 연극을 펼치고 있었다.

테이블 나이프를 양손으로 든 젤이 오른쪽으로 가서는 소 허벅

지살 덩어리를 자르고, 왼쪽으로 가서는 돼지고기 훈제를 나이프로 찔렀다.

그것을 보고 주위의 남자들이 갈채를 보냈다.

다만 남자들의 시선은 젤 자체보다 이야기의 내용, 나아가서는 배시를 향하고 있었다.

전쟁의 영웅은 여럿 있지만 배시는 특별했다. 살아있는 전설이라고 해도 과언이 아니다.

그런 인물과 술자리에 함께 있을 수 있다니, 좀처럼 없는 기회인 것이다.

배시 주위에는 다양한 종족이 있었다.

드워프는 물론 휴먼이나 비스트의 모습도 볼 수 있었다.

무신구제에서 배시에게 패배한 오거 고르고르나 비스트 코로도 당연하다는 듯이 젤이 늘어놓는 무용담에 귀를 기울였다.

배시의 무용담, 나오는 적병이란 다시 말해 자신들의 가족이었을지도 모르는 이들이지만 신경 쓰는 사람은 이 자리에는 없었다.

이런 무용담에 나오는 적이라면 언제나 그저 『적병』이니까.

그렇게 나누지 못하는 사람은 애당초 배시에게 다가오려고 하지는 않을 것이다.

"……."

배시는 술을 꿀꺽꿀꺽 마시면서도 복잡한 표정으로 계속 침묵했다.

화가 난 것은 아니었다.

마음속으로는 식은땀을 흘리고 있었다. 언제 여성 편력 이야기가 나올지 전전긍긍했다.

오크의 잔치라면 반드시 나오는 항목이니까.

참고로 다른 종족 중에 그런 것을 신경 쓰는 자는 그리 많지는 않았다.

뭐, 있기는 있겠지만 서큐버스도 아니고, 좀처럼 없을 이 기회에 굳이 그런 속된 이야기를 꺼내는 자는 없다.

그리고 주위에 있는 이들은 그런 배시의 태도가 참으로 무게감 있어 보였다.

전쟁의 영웅이라면 큰 성과도 못 올려놓고 자랑만 늘어놓는 자들뿐이다.

물론 그중에는 거창한 실적을 남긴 자도 있기는 있겠지만, 이곳에 있는 자들은 대부분 그런 이야기는 질리도록 들었다.

뭣하면 자기가 더 실적을 남겼을 정도였다.

눈앞에 있는 것은 자신보다 명백하게 굉장한 업적을 이룬 인물.

가짜가 아니라는 사실은 오늘 대결을 보면 자명했다.

그런데도 많은 이야기를 하지 않는다.

이따금 젤이 이야기를 돌려서 "그건 어느 전투였더라?"라든지 "아마도 그때 적은 오백 명 이상이었죠!"라는 물으면 "아로겐 습지 전투다"라든지 "그렇게 많지는 않아. 오십 명 정도였다"라고 대답하는 정도.

참으로 멋지다.

하지만 그 이야기의 신빙성은 분명했다. 왜냐면 이따금 배시의 전투를 아는 사람이 "나, 그 전투 봤어"라든지 "안다고, 그 이야기"라며 떠올렸으니까.

그들은 배시가 전설의 남자임을 확신했다.

우리는 지금 굉장한 남자와 함께 술을 마신다고.

"이런, 벌써 이런 시간이네. 당신, 슬슬 돌아가죠. 당신은 일 년 정도 안 자도 괜찮겠지만, 내일도 대회가 있으니까요. 만전의 태세로 임해야죠."

"그렇군."

젤의 말에 배시는 일어섰다.

받들어주는 것은 싫지 않지만 목적이 있어 이곳에 있다.

이 자리에 미녀 한둘이라도 있다면 이야기는 다르겠지만 지금은 대회에 집중하고 싶었다.

우승할 수 있느냐 없느냐. 그것은 하늘과 땅만큼의 차이가 있다.

이제까지 수면 부족으로 패배한 적 따위는 한 번도 없지만, 패배하게 될 수 있는 이유는 조금이라도 배제해두고 싶었다.

"이봐, 배시 씨가 돌아가신다고!"

"여기 계산은 내가!"

"바보! 내가 배시 씨한테 살 거야!"

"아니, 내가……!"

남자들이 영웅에게 술을 대접하는 명예를 얻기 위해서 다투는 모습을 제쳐놓고 배시는 가게에서 나왔다.


이미 밤도 늦었다.

그래도 한창 축제가 벌어지고 있는 만큼 거리에는 사람이 넘쳐났다.

배시는 인파를 누비며 프리메라의 공방으로 걷기 시작했다.

기분은 좋았다. 승리의 미주는 기분을 고양하고 발걸음을 가볍게 만들어준다.

다만 진정한 승리는 지금이 아니다. 내일이다.

우승한다면 배시는 신부를 얻는다. 내일 이 시간을 생각하면 배시의 발걸음은 하늘로라도 올라갈 것만 같았다.

그렇지만 방심은 금물이다.

배시는 마음을 다잡으며 귀로를 서두르고⋯⋯.

갑자기 팔을 붙잡혔다.

"?!"

한순간에 뒷골목으로 끌려갔다.

그렇다고는 해도, 배시다.

갑자기 붙잡혔음에도 불구하고 균형을 잃지 않고서 범인 앞에 우뚝 섰다.

"누구냐!"

배시의 팔을 붙잡은 것은 후드를 깊이 눌러쓴 남자였다.

배시는 그의 행동거지만으로 그가 역전의 전사임을 간파했다.

팔은 두꺼워서 배시와 같거나 그 이상. 중심은 낮아서 그리 간단히 쓰러뜨릴 수는 없다.

하지만 눈에 띄는 것은 그것만이 아니었다. 그가 다리에 찬 사슬, 그리고 사슬 끝에 달려 있는 휴먼의 머리 정도는 될 철구였다.

노예인 것이다, 그는.

"개회식에서 봤을 때는 설마 싶었다만, 역시 네놈이냐, 배시!"

후드 쓴 남자는 그렇게 말하더니 천천히 후드를 올렸다.

그 아래에서 나타난 얼굴. 그것은 배시와 무척 닮았다.

녹색 피부에 드러난 엄니.

오크였다.

일반적인 그린 오크.

색깔은 배시보다 조금 진하지만 그 이상으로 화상 흉터가 눈에 띄는 얼굴.

자세히 보니 배시를 붙잡은 왼손에는 약지와 소지가 없었다.

얼굴에도, 손에도…… 아니, 그 이전에 배시는 그의 목소리도 기억이 있었다. 틀림없다.

"설마, 돈조이인가?"

"그래, 돈조이 님이시다!"

"설마, 죽었다고 생각했어!"

"애석하게도 살아있었지, 계속!"

돈조이가 죽었다고 여겨진 것은 도반가 공 전투 때였다.

그렇다고는 해도 시체를 확인한 것은 아니었다.

당시에 일곱 종족 연합은 연이어 패배했고, 배시의 부대도 셀 수 없이 계속 패배했다.

그 당시에 동료는 하나, 또 하나 사라져갔다.

돈조이가 사라진 것도 분명히 그때였다.

전장에서 동료가 사라진다는 것은 사망과 같은 의미다.

용감한 오크 전사가 전장에서 도망쳐서 돌아오지 않는다니 있을 수 없는 일이니까.

"돈조이잖아요! 오랜만이에요!"

"하핫, 젤도 같이 있었나!"

하지만 오크라는 것은 거친 종족이다.

설령 부대와 떨어지더라도 다른 씨족에 합류할 수 있다면, 그 씨족의 다른 부대에 편입되는 경우도 있다.

그리고 훗날, 원래 부대의 동료와 딱 마주쳐서는 "살아있었냐, 인마!"라며 재회를 기뻐하는 것이다.

"너희도 건강해 보이잖아, 어, 배시. 지금은 『영웅』이라 불리나? 너한테 딱이구나, 어이!"

"어, 아니, 음……."

배시는 그때 돈조이의 다리에 달린 사슬을 봤다.

자세히 보니 돈조이는 목에도 두꺼운 쇠목걸이가 채워져 있었다.

노예인 것이다.

오크가 나라를 떠나서, 외국에서 잘못을 저지르고 체포당해서 노예가 된다.

전날 투기장에서 싸우던 오크처럼…… 아니, 지금 생각해보면 그것도 돈조이인가.

배시는 투기장에서 싸우는 돈조이를 보고 규율을 어긴 오크의 말로에 어울린다고 단언했다.

그 마음은 지금도 변함이 없다.

하지만 돈조이는 그런 오크가 아니었을 터.

용의주도하고 공부를 게을리하지 않는 남자이지만 용감한 전사임에는 틀림없고, 싸움에 몸을 던지는 것을 긍지로 여기는 남자다.

오크 킹의 명령을 거스를 정도로 어리석지 않았을 터.

"……어째서 그렇게 됐지?"

"아, 이거 말인가……. 한심한 이야기지만, 이건 우리의…… 아니, 나의 힘이 부족했던 거야."

배시의 물음에 돈조이가 드러낸 것은 면목 없다는, 그리고 분하다는 표정이었다.

하지만 그 표정은 금세 사라졌다.

"하지만 올해는 어떻게든 될 거야. 안심해. 오크의 긍지를 이이상 더럽히지는 않아. 오크 킹의 이름을 걸고서라도."

"……."

배시는 그 말의 의미를 영 이해할 수가 없었다.

하지만 오크 킹의 이름까지 나왔다.

틀림없이 돈조이도 추방자가 된 것을 후회하고, 노예가 되고, 그런 수치스러운 싸움을 구경거리로 드러내기에 이르러서 반성했으리라 추측할 수 있었다.

그렇다면 배시는 용서할 생각이었다.

같은 소대에서 생사를 함께한 전우로서, 수도 없이 서로의 목숨을 구했던 사이니까.

뭣하면 나라로 돌아가서 오크 킹에게 중재를 해줄 수도 있었다.

"그러는 너는 어째서 이런 곳에…… 뭐, 물어볼 것까지도 없나. 미안하군. 폐를 끼쳐서."

"아니, 폐가 될 일은 아니다만……."

"너라면 그렇게 말할 거라 생각했다고. 역시 너는 우리 부더스 중대의 자랑이야!"

돈조이는 배시를 놓고서 칭찬했지만 그리고는 다시 한번, 미안하다는 표정을 지었다.

"하지만 말이야, 배시. 이렇게 와줬는데 미안하지만…… 내일 대결, 이대로 가면 우리는 결승전에서 마주치고 말아."

"그런가. 하지만 그게 어쨌다는 거지?"

"말하기는 그렇지만……."

돈조이는 말을 해야 할지 망설이는 표정을 지었다.

하지만 뜻을 다진 듯이 배시를 보더니 말을 꺼냈다.

"내일 대결, 져줄 수 없을까?"

"뭐라고?"

"아니, 오크의 영웅인 네가 나 따위한테 질 수야 없지. 투기장에만 안 오면 돼."

"……어째서지? 어째서 그런 짓을?"

"어째서? 이것 참, 내 입으로 그런 소리까지 하게 만들 셈이냐. 좀 봐달라고. 나한테도 자존심이라는 게 있다고? 너랑 비교하면 시시할지도 모르겠지만."

돈조이는 쓴웃음 지으며 그렇게 말했다. 대답해줄 생각은 없는 모양이었다.

고의로 진다.

고의로 대회에 나가지 않는다.

그럴 생각만 있다면 못 할 것은 없다.

겁쟁이라고 여겨지는 것은 아니꼽고 자신의 명예도 손상될 것이라 생각한다.

하지만 옛 전우의 간절한 부탁이라면 그것을 허용할 만큼의 도량이 배시에게는 있다.

"하지만 나도 목적이 있어서 이곳에 와 있어."

"그래, 다 말할 것 없어, 알고 있으니까. 그 누구도 겁쟁이처럼 도망쳤다는 말을 하게 두진 않겠어. 네 긍지는 우리 모두가 지켜줄 테고, 답례도 나중에 제대로 할게. 아, 그렇지. 뭣하면 내 여자를 줄까?"

"……잠깐만. 노예인데 여자를 받았다는 거냐?"

"아, 아아, 마찬가지로 노예인 여자지만. 엘린디라는 이름인데…… 뭐, 좋은 여자야. 몸은 건강하고, 이미 셋이나 낳았지……. 무사히 돌아간다면 아내로 삼을 생각이다만, 뭐, 너한테 준다면 아깝지 않아."

배시는 무뚝뚝한 얼굴이었다고 생각한다.

배시도 오크.

영웅이라고는 해도 남들만큼 질투도 한다.

반성하고는 있지만 오크 킹의 규율을 깨고 노예로 전락한 녀석에게도 아내가 있는데 어째서 자신에게는 아직 없는가.

"……으—음."

하지만 나쁘지 않은 제안이기는 했다.

오크가 거짓말을 할 리는 없다.

돈조이가 좋은 여자라고 한다면 틀림없이 좋은 여자일 것이다.

굳이 무신구제에서 우승하지 않더라도 좋은 여자를 확실히 손에 넣을 수 있다면 전혀 나쁠 것은 없다.

돈조이는 자신의 목적을 달성하고 배시도 여자를 손에 넣을 수 있다.

그야말로 WIN WIN 관계다.

돈조이가 무엇을 꾸미는지는 모르겠지만 이야기를 듣기에 배시에게는 아무런 손해도 없다.

프리메라도 목적을 달성한 모양이니까 기권해도 문제없을 것이다.

하지만……

"이렇게 와줬는데 이런 걸 부탁하다니, 실례라는 건 잘 알아. 하지만…… 부탁할게. 마지막은 나 자신의 손으로 해내고 싶거든."

돈조이는 정말로 미안하다는 듯 말하더니 뒷골목 안으로 사라졌다.

철구를 끄는 소리만이 뒷골목에 길게 남았다.

"당신, 어떻게 할 건가요?"

"……"

배시는 대답하지 않았다.

그저 복잡한 표정으로 우두커니 서서, 돈조이가 사라진 방향을 계속 바라보는 것이었다.

◆ ◆ ◆

심야.

돌아온 배시가 잠든 뒤에도 프리메라는 공방에 있었다.

드워프는 모든 종족 중에 가장 수면이 필요하지 않은 종족이었다.

특히 한창 대장간에서 일을 할 때는 불과 흙의 정령으로부터 힘을 받기에 이레 밤낮을 자지 않고 작업에 버틸 수 있을 정도다.

프리메라도 하프 휴먼이라고는 해도 철야를 하는 것은 문제없었다.

그녀의 눈앞에 있는 것은 수선을 완료한 토시, 그리고 검이었다.

역시 지금 이대로는 안 된다는 생각에 계속 검을 고치고 있었던 것이다.

"젠장…… 이걸로는 안 돼. 이걸로는…….."

또 한 자루. 쇳덩어리 같은 검을 프리메라는 내던졌다.

뎅그렁. 공방 구석으로 굴러갔다.

이제까지는 저 검으로 만족했을 것이다.

딱히 나쁜 곳이 있지는 않았다. 베는 맛은 발군이고 내구도도 충분했다.

적어도 프리메라는 그렇게 생각했다.

하지만 배시가 쓰기에는, 결승 토너먼트에서 승리하기에는, 저 검으로는 안 된다.

이제까지와 마찬가지로 구부러지든지, 혹은 싸우는 도중에 뚝 부러져버릴 것이다.

그것을 배시 탓이라며 따지는 것은 간단하지만 그래 봐야 승리가 찾아오지는 않는다.

결승 토너먼트에서 싸우는 것은 이제까지보다 훨씬 격이 높은 맹자들이다.

투사 역시도 무신구제 단골로, 무신구제의 전투 방식을 아는 자들뿐일 터.

그렇다면, 예를 들면 배시가 장비를 제대로 다루지 못한다는 것을 알아차리고 장비를 중점적으로 노리거나 장기전으로 끌고 가는 식으로, 장비를 파괴해서 승리를 얻어내는 경우도 충분히 있을 수 있다.

장비 파괴에 따른 패배.

그것은 배시의 패배가 아니다.

프리메라의 패배다.

"……후—."

프리메라는 짜증이 담긴 한숨을 내쉬었다.

어떻게 하면 배시가 써도 구부러지지 않을 검을 만들 수 있는지 모르겠다.

프리메라는 드워프답게 어릴 적부터 대장장이 일을 했다. 기본적인 기술은 모두 익혔고 소질이 있다며 칭찬받은 적도 있었다.

독자적인 제조법도 몇 가지나 개발했다.

다른 드워프가 거들떠보지도 않을 참신한 소재를 사용해서 장비를 만든 적도 있다.

대장장이 실력이라면 지지 않는다고 생각한다. 누구에게도.

하지만 그럼에도 모르겠다. 어떻게 하면 배시에게 견딜 수 있는 검을 만들 수 있는지…….

프리메라는 손을 멈추고 가만히 불꽃을 봤다.

불꽃이 파직파직 타오르는 소리와 창고에서 들리는 배시의 코고는 소리가 이 자리를 지배했다.

'이럴 때, 옛날에는 어떻게 했더라…….'

프리메라는 분득 그런 생각을 하고, 그리고 떠올렸다.

그렇다. 옛날에는 견본을 보고서 그것을 참고했다고.

태어난 집에는 드라드라도반가가 남긴 습작 몇 개가 굴러다녔던 것이다.

"아."

그때 프리메라는 어떤 사실을 깨달았다.

어째서 이렇게나 간단한 사실을 깨닫지 못했을까.

그렇다. 있지 않은가. 거기에.

──견본이.

그녀는 일어서더니 휘청휘청, 무언가에 씐 것처럼 어느 장소로 향했다.

그것은 창고.

그곳에서는 배시와 젤이 잠들어 있었다.

양초를 한 손에 들고서 조용히 문을 열자 작은 창고에서 비좁게 누워 있는 오크의 모습이 있었다.

코는 골지 않았다. 조용했다.

프리메라는 배시 바로 옆에 목적인 물건이 있는 것을 확인하고는 살금살금, 들키지 않도록 몰래 그것을 들었다.

묵직하게 느껴졌다.

프리메라는 또다시 살금살금 배시에게서 떨어지더니 공방으로 돌아갔다.

용광로의 빛으로, 가져온 그것을 찬찬히 봤다.

검이다.

어디에나 있을 법한, 철 색깔을 띤 금속의, 장식이 없이 무뚝뚝한 검.

칼자루는 두껍다. 오크 등등 살짝 대형인 종족이 사용하는 경우를 상정했을 것이다. 프리메라의 손에는 벅찼다.

중량은 프리메라가 만든 것보다도 훨씬 무겁다. 하지만 신기하게도 간단히 들고 자세를 잡을 수 있었다. 중심이 믿을 수 없을 만큼 제대로 잡혀 있는 것이었다.

프리메라는 더더욱 빛에 대고 찬찬히 도신을 봤다.

꿀꺽, 목이 울렸다.

"예뻐……."

이 어찌나 아름다운 도신일까, 프리메라는 생각했다.

날에 특별한 문양이 있는 것은 아니었다. 반짝반짝 빛나는 것도 아니었다.

제대로 아는 사람이 아니라면 그냥 찍어낸 검과 크게 다르지 않은 것처럼 보일지도 모른다.

하지만, 아니다.

이것은 공들여서 몇 번이고 또 몇 번이고 단조를 거듭한 도신이다.

기본에 충실하게, 그저 우직하고 충실하게, 압도적인 정밀도와 숙련도로 만든 도신.

그렇지만 틀림없이 베는 맛은 대단하지 않다.

하지만 철이 자랑스럽게 보였다.

우리는 절대로 부러지지 않는다고 확신하는 것처럼 느껴지기조차 했다.

아무래도 파괴 불가능한 인챈트가 된 모양이지만 그런 것은 덤에 불과했다.

이 검은, 구부러지지 않는다.

어쩌면 수백의 전장을 넘어서면 간신히 역할을 마칠지도 모르겠지만 적어도 한두 번의 전장에서 구부러지지는 않는다.

어떤 초보가 쓰더라도, 어떤 완력의 소유자가 쓰더라도······.

"······."

프리메라는 검을 다시 칼집에 넣었다.

그리고 조금 전에 던진, 자신이 만든 검을 주워들고는 비교해 봤다. 배시의 검과.

어느 쪽이 더욱 좋은지는 일목요연했다.

그리고 프리메라는 며칠 전에 배시가 구부러뜨린 검을 손에 들었다.

검이 구부러진 모양을 다시 한번 자세히 확인했다.

도신은 곡도처럼 젖혀졌다.

밑동부터 구부러지기 시작해서 칼끝으로 갈수록 점점 크게 젖혀졌다.

그 완곡은 자루까지 다다라서 검 전체가 초승달처럼 휘었다.

깔끔하게 구부러졌다. 부러지지도 않고 이런 식으로 구부러지다니 본 적도 없었다.

그리고 이렇게 구부러지는 경우가 있다면…….

프리메라는 미간을 찌푸렸다.

자연스럽게 얼굴에 힘이 들어갔다. 눈꼬리가 점점 뜨거워졌다.

어렴풋이 그렇지는 않느냐고 생각했던 것이다.

자신이 만든 검이 구부러진다면 그저 사용자가 미숙한 것이라고, 그렇게 믿었다.

하지만…… 아니었다.

아닌 것이다.

이렇게 구부러졌다면 검에는 전혀 무리가 가지 않는다.

검 전체에 낭비 없이 균등하게 힘이 분배되었다. 날도 서 있다. 가로가 아니라 세로로 힘이 전달되었다. 그러니까 옆으로는 전혀 구부러지지 않았고, 이만큼 구부러지고서도 부러지지도 않았다.

틀림없이 유명한 검사라면 이렇게 사용하지는 않는다.

이래서는 오히려 베는 맛이 떨어질지도 모른다.

다시 말해서 이 검의 사용자는 검을 아낀 것이었다. 부러지지 않도록, 구부러지지 않도록, 그러면서도 상대를 쓰러뜨릴 힘을 가지고.

공들여서 적을 벤 것이다.

『그럴 생각이었다만.』

구부러뜨린 남자의 목소리가 뇌리에 메아리쳤다.

검을 낭비 없이 사용하고, 날을 제대로 세워 들고, 그럼에도 불구하고 구부러진다.

다시 말해 그것은······.

"······."

알고 있었다.

사실은 처음부터, 알고 있었다.

오빠나 언니한테 너는 아직 이르다, 미숙하다는 말을 듣고 이제껏 그렇지 않다며 부정했지만, 깨닫고 있었다.

스스로에게 변명을 했을 뿐이다.

자신을 속였을 뿐이다.

하지만 이제는 인정할 수밖에 없었다.

명검을 손에 들고, 자신의 엉망인 검과 비교해보고······.

눈앞에 현실이 밀려들고서야.

"나, 미숙하구나."

프리메라의 뺨으로, 주르륵 눈물이 흘러내렸다.

# 8. 무신구제 본선 둘째 날 준결승

　대기실에서는 프리메라가 긴장한 표정으로 배시와 마주하고 있었다.

　배시는 수리된 갑옷을 입고 건네받은 검을 들고서 프리메라를 내려다보고 있었다.

　그의 표정 깊은 곳에 있는 감정을 프리메라가 엿볼 수는 없었다.

　"⋯⋯미안해. 제대로 된 장비를 준비하지 못해서."

　프리메라는 자신이 없었다.

　어제, 1회전이 시작되기 전보다, 더더욱.

　생각해보면 최근 며칠, 자신의 미숙함만 드러낼 뿐이었다.

　어젯밤, 한숨도 자지 않고 검과 갑옷을 계속 고쳤지만 그럼에도 배시의 애검에는 도저히 미치지 못했다.

　강인한 그 검과 비교하면 자신의 검 따위는 나뭇가지에 불과했다.

　배시가 휘두르면 틀림없이 간단히 부러져버릴 것이다.

　"아니, 어제보다 들기 편하군."

　배시는 검을 가볍게 휘두르고는 그렇게 말했다.

　"그, 그래?!"

　"음."

　프리메라는 가볍게 주먹을 불끈 쥐었다.

　하지만 금세 고개를 붕붕 가로젓고는 움켜쥔 주먹을 등 뒤로 감추었다.

다소 들기 편하다고 그래 봐야 검이 변변치 않다는 사실에는 변함이 없는 것이었다.

"……."

배시는 프리메라가 손을 뒤로 감추며 돌출된 가슴에 정신이 팔렸다.

프리메라도 그 시선은 알아차렸다.

이런 것을 보고 뭐가 즐거울까, 그런 생각도 없지는 않았지만 그래도 역시 나쁜 기분은 아니었다.

'……그건 그렇고.'

프리메라는 다시금 배시를 봤다.

처음 만났을 때는 배시라는 인물을 잘 몰랐다.

아이를 낳아달라는 말에 거부해버렸다.

웃기지 말라고 생각했다.

하지만 지금은 견해가 조금 바뀌었다.

'이 녀석, 오크지만 꽤 괜찮은 남자구나.'

성실하고, 강하고, 의협심도 있다.

프리메라가 준 검을 사용하고, 프리메라에게 계속 악담을 들으면서도 불평 한마디 안 하고, 자신이 할 수 있는 일을 계속했다.

그리고 끝내는 프리메라가 자신의 미숙함을 깨닫게 해주었다.

오크라서 이래저래 상식이 다른 부분도 있다.

예를 들면 갑자기 덮친다든지.

하지만 지금도 여전히 프리메라의 가슴 계곡을 응시하면서도 손을 대지 않는 것은…… 프리메라에게 변함없는 욕정을 품었으면서도 오크 킹이라는 녀석에게 충성을 맹세했기 때문일 것이다.

충성심이 있고, 인내심 강하고, 게다가 강인한 남자.

그런 남자가 구애했다.

그 사실을 재인식한 그때, 프리메라는 자신의 뺨이 뜨거워지는 것을 느꼈다.

그리고는 입에서 자연스럽게 말이 새어 나왔다.

"뭐, 그래! 우승하면, 생각해줄 수도 있어!"

"생각한다고? 뭘 말이지?"

"바보! 내 입으로 말하게 할 생각이냐고! 그야 당연히 그 일이지!"

"……."

배시는 마음속으로 당황하고 있었다.

영문을 알 수가 없었으니까. 갑자기 그 일이라고 해도, 무슨 이야기일까. 무엇을 생각하는 것일까.

누군가에게 물어보려고 해도 의지할 요정은 이곳에 없었다.

배시의 잘 단련된 감은 지금, 무언가 터무니없는 '예감'을 느끼고 있었다.

그 '예감'이 좋은 것인지 나쁜 것인지는 알 수 없다.

이런 수준의 예감은 레미엄 고지 결전 이후로 처음이었다.

그때는 나쁜 예감이었다.

배시는 예감을 끝까지 믿지 못하여 그 자리에서 계속 싸우고, 오크 킹의 명령을 받고서 서둘러 현장으로 향했을 때에는 이미 뒤늦었다.

데몬 킹 게디구즈는 죽은 뒤였다.

이번에는 어느 쪽이냐…….

"배시 님. 제4회전, 슬슬 시작합니다!"

그때 누군가 대기실 문을 노크했다.

"읏! 그, 그렇대! 자, 다녀와!"

"……그래."

예감이 어느 쪽인지는 알 수 없다.

자신이 어떻게 움직여야 할지도 알 수 없다.

배시는 알 수 없는 기분 그대로, 첫 대결에 나서는 것이었다.

### 제4회전 배시 vs 아몬드

"승자, 배시!"

다음 대결도 배시는 일격으로 승리를 결정지었다.

결코 약한 상대가 아니었다. 드워프족 전사로 제3공병부대의 대장을 맡던 남자였다.

이곳 도반가 공에서도 다섯 손가락 안에 들어갈 정도의 전사였다.

그는 정정당당하게 싸웠다.

배시를 상대로 우직할 만큼 정면으로 돌진하고, 그리고 일격으로 끝이 났다.

눈썰미 있는 사람에게는, 그것은 바보처럼도 보였을 것이다.

첫째 날 배시의 대결을 보지도 않았느냐고, 그렇게 생각하는 사람도 있었을 터.

하지만 바로 이것이야말로 드워프다.

자신이 만든 장비를 믿고, 그것에 모두 맡기고서 정면 돌파.

드워프에게 회피란 겁쟁이가 하는 짓이다.

용감한 드워프는 패배했지만 박수가 쏟아졌다.

그리고 배시는 준결승전에 진출했다.

대기실로 돌아온 배시를 보고 프리메라는 긴장감에 떨었다.

다음은 준결승.

상대는 지난번의 우승자인 바라바라도반가.

드워프의 영웅인 드라드라도반가의 장남이다.

"……."

바라바라도반가.

그것은 도반가 일족 가운데 가장 강하고, 그리고 가장 대장장
이 실력이 좋다는 남자.

드라드라도반가가 죽은 지금, 일족의 상징이자 정점이자 동경
이자 희망이기도 했다.

젊을 적부터 자신이 만든 장비로 무신구제에 참가하기 시작해
서 우승 경험은 세 번.

특히 작년에는 비교적 안정적으로 우승하여, 올해는 충분히 연
속 우승이 가능하다고 일컬어지는 최대 우승 후보였다.

프리메라는 어제까지는 자신은 진심을 발휘하면 바라바라도반가보다 위라고 생각했다.

하지만 지금은 아니었다.

고집스러운 저 오빠가 얼마나 대장장이로서 근면하고 얼마나 뛰어난지 안다.

틀림없이 그것은 아버지인 드라드라도반가에게는 아득히 못 미치지만, 지금의 프리메라로서는 도저히 다다를 수 없는 경지였다.

그런 상대와 지금 자신이 싸워도 되는가.

배시의 힘만으로 승리했던 자신이.

"안심해라. 지지는 않는다."

배시의 말은 든든하다.

누구든 배시의 그 말을 믿지 않는 사람은 없을 것이다. 전장에서도 이 말은 절대적이기에 모든 병사가 안심을 느꼈을 것이다.

하지만 프리메라는 생각했다.

승리해도 되는가.

"응."

적어도 승리했을 때, 자신의 승리라고 생각하지는 않도록 하자.

프리메라는 마음속으로 그렇게 맹세했다.


◆ ◆ ◆


준결승.

바라바라도반가는 투기장 중앙에서 상대를 기다리고 있었다.

그는 지난번 우승자다.

대회가 시작되기 전에는 누가 상대라도 이길 수 있다고 생각했다.

작년에 고전했던 상대도 올해는 여유를 가지고 이길 수 있다. 그렇게 확신할 만큼 최근 일 년 동안 혹독한 단련을 쌓아서 완벽한 갑옷을 착용했다고 생각했다.

상대는 오크의 영웅 배시.

그 이름은 바라바라도반가도 알고 있었다.

왜냐면 바라바라도반가도 드워프의 전사로서 싸우고 종전을 맞이한 사람이니까.

그리고 자신은 '그들'과 만나지 않았으니까 살아남을 수 있었음을 안다.

그들이란 전장을 뛰어다니던 최강의 전사들이다.

배시가 그러했듯이, 아버지 드라드라도반가가 그러했듯이.

그런 최강의 전사들과 만나지 않았던 행운으로 자신은 살아남은 것이다.

그들은 종전 후, 각국에서 상응하는 지위를 얻고 지금도 나라를 위해서 일하고 있었다.

휴먼 왕자 나자르도, 엘프 대마도사 선더 소니아도. 틀림없이 전귀라고 불린 아버지나, 아버지와 친했던 비스트 용사 레토도 살아있다면 그랬을 터.

그들은 이런 축제 따위는 참가하지 않는다.

어쩌면 귀빈석에 앉기는 할지도 모르지만 이렇게 투기장에 설 일은 없을 것이다.

그들에게 도전할 기회는 영원히 잃은 것이나 마찬가지.

그렇다, 도전이다.

바라바라도반가는 이곳 투기장의 지배자다.

하지만 지금 이 순간은 도전자였다.

신에게 감사하고 싶었다.

도전할 기회를 주었음에.

'하지만 그가 오게 만들어버린 이유는, 조금 더 신중하게 생각해야만 해…….'

오크의 영웅 배시가 이 나라, 이곳 도반가 공에 온 이유는 명백했다.

노예다.

이 나라에는 오크 노예가 있다.

그것도 상당한 숫자다.

그들은 도반가 공 근처에 출몰한 추방자 오크를 붙잡았다.

그렇게들 말하지만 실제로는 아니었다.

대부분은 전시 중에 붙잡은 포로였다.

전쟁이 끝나고 각 종족이 화평을 합의, 평화가 찾아왔을 때에 각국에 붙잡혀 있던 포로는 모두 풀려났다.

그런 조약이 맺어졌다.

그래서 오크의 나라에 잡혀 있던 여자는 전부 풀려났고, 서큐버스의 나라에 잡혀 있던 남자도 풀려났다.

휴먼의 나라에 잡혀 있던 페어리나 비스트의 포로가 되어 있던 오거도.

그런데도 어째서 오크는 아직 도반가 공에 계속 붙잡혀 있는가.

어째서 그들은 종전과 동시에 풀려나지 않았는가…….

그것을 이야기하기에 그다지 긴 설명은 필요하지 않았다.

도반가 공의 상인들. 드라드라도반가의 사망 후, 이 마을을 좌지우지하는 자들.

그들이 종전 직전에 노예의 존재를 감추었던 것이다.

드워프는 고집스러운 장인 기질이다.

하지만 모두가 착한 사람은 아니었다.

겸사겸사 말하면 부를 축적하는 것을 즐기는 이도 많다.

콜로세움의 수익과 비용이 저렴한 노예가 만들어내는 이익은 막대하다. 그것을 포기하기는 아까웠던 상인들은 철저하게 노예가 된 오크의 존재를 감추었다.

처음 일 년은 지하 깊숙이 감금해서 지하 격투장에서 싸움을 시키고, 이 년째부터 '추방자 오크를 붙잡았다'라며 존재를 밝히고 지상의 투기장에서 싸움을 시켰다.

많은 드워프가 속았다.

바라바라도반가가 진실을 안 것은 최근이었다.

드라드라도반가의 긍지를 물려받은 그는 곧바로 노예 오크를 풀어주려고 했다.

그리고 노예 오크의 리더인 돈조이를 만난 것이었다.

돈조이는 긍지 높은 남자였다.

포로가 되고서 계속, 자신의 손으로 현실을 타파하고자 했다.

그리고 그는 그 방법을 발견했다.

무신구제에 우승하여 자신들의 신분을 해방한다는 확실한 방법을.

바라바라도반가는 그것을 알고 이렇게 생각했다.

자신은 적으로서 맞서야 한다고.

그것이 그들의 긍지를 지키는 일이라고.

자신이 만든 장비가 노예 오크들에게 주어지도록 몰래 수배는 했지만, 그 이상의 일은 전혀 하지 않았다.

그 결과, 작년의 바라바라도반가는 우승, 돈조이는 준결승.

바라바라도반가로서는 미안한 결과가 되었지만 돈조이는 포기하지는 않았다.

그렇기에 바라바라도반가는 올해도 돈조이에게 장비와 그리고 바라바라도반가의 장비를 수리할 수 있는 대장장이를 보냈다.

바라바라도반가의 이 행동, 대부분은 이야기를 듣더라도 이해할 수 없을지도 모른다.

하지만 바라바라도반가는 군이 패배하거나 기권하면 그것은 오크의 긍지를 모욕하는 일이라고 생각했던 것이다.

자신이 진심으로 싸워서 패배하지 않는다면, 삼 년 이상의 세월 동안 계속 더럽혀진 오크의 긍지는 부활할 수 없고 돈조이의 고뇌도 허사가 된다, 그렇게 믿었다.

하지만 올해, 배시가 왔다.

오크의, 영웅이라고까지 불리는 남자가.

노예가 된 동료를 구하러.

페어리 하나를 데리고, 단둘이서.

'이제 와서 나타난 것은 정세가 안정되기를 기다렸나, 혹은 작년 돈조이가 준우승하면서 간신히 정보가 흘러들었나⋯⋯.'

여하튼 훌륭한 일이라고 바라바라도반가는 생각했다.

오크가 다른 나라를 여행한다니 힘들 것이다.

이곳 도반가 공에 다다르기 위해서는 시와나시 숲을 통과해야만 한다.

그 숲을 통치하는 것은 엘프의 대마도사 선더 소니아.

『시와나시 숲의 악몽』 이야기는 드워프 사이에서도 유명했다.

긴 전쟁에서 무적의 선더 소니아에게 견디기 어려운 굴욕을 준 것이다.

엘프의 음습한 성격과 어우러져서, 통과하는 것만으로도 트집을 잡히고 발목을 붙잡았을 것이 틀림없다.

실제로 그 숲에서 무언가 소동이 있었고 오크 하나가 모욕을 당했다는 소문도 전해졌다.

그것만이 아니었다. 오크의 영웅이 나라를 나왔다면 클라셀의 지장 휴스턴도 잠자코 있지는 않았으리라.

돼지 살해자 휴스턴의 위업과 이름은 유명하다.

오크를 상대로 심상찮은 증오를 가진 그 남자도 배시가 출국했다면 움직였을 터.

하지만 배시는 지금, 이곳에 있다.

고난과 역경을 넘어서, 지금 이곳에 있다.

오크는 결코 머리가 좋은 종족이 아니지만 종전까지 멸망하지 않고 존속했다.

그것은 틀림없이 이런 결속력이 있었기에.

바로 오늘, 다소나마 정보를 아는 드워프 중에는 오크라는 종족을 새롭게 인식한 자도 많을 것이다.

'하지만……'

바라바라도반가의 귀에 와아, 터지는 함성이 들렸다.

눈을 뜨자 대기실에서 오크 하나가 걸어오는 것이 보였다.

배시. 오크 히어로.

이 투기장의 참가자 그 누구보다도.

아니, 전 세계를 찾아도 이 남자를 쓰러뜨릴 수 있는 자는 거의 없을 것이다.

그저 그런 장비로 파워가 다소 제한된 모양이지만 관계없다.

틀림없이 이번 대회도 간단히 우승하고, 노예 오크들을 간단히 해방할 것이다.

하지만 바라바라도반가는 그것이 달가운 일로 여겨지지는 않았다.

'이 남자가 전부 해버리면 돈조이의 긍지는 어떻게 되나.'

돈조이가 최근 삼 년.

아니, 더욱 긴 세월, 노예에서 해방을 바라며 활동했음은 안다.

그것이 모두 무의미해지는 것은 바라지 않는다.

"배시 경."

"뭐지?"

"쓰러뜨리도록 하겠네."

"음."

당연한 소리를 하고, 당연한 대답이 돌아온다.

하지만 이것은 바라바라도반가의 결의가 담긴 말이다.

자신이 이 남자를 쓰러뜨린다. 절대로 이길 수 없는 이 상대를 쓰러뜨린다.

그러면 돈조이의 고난은 무의미해지지 않는다.

바라바라도반가는 그렇게 생각하며 배시에게 검을 향했다.

고집스럽고 거친, 재주는 능하지만 말은 능하지 않은 무뚝뚝한 남자는, 오크의 영웅에게 도전했다.

◆ ◆ ◆

### 준결승 배시 vs 바라바라도반가

바라바라도반가는 배시의 약점을 알고 있었다.

물론 본래라면 배시에게 약점 따위는 없다.

오크라면 일반적으로 불이나 번개 마법에 약하다고 일컬어지지만, 배시의 경우에는 전혀 그렇지 않다는 것은 명백했다.

다름 아닌 선더 소니아와 일대일로 싸우고 그녀를 쓰러뜨렸으니까.

설령 불이나 번개 마법에 약할지라도 상당한 위력이 아니고서는 큰 대미지를 주지는 못할 터. 그 이전에 이 대회에서 마법은 금지되어 있지만.

배시의 약점.

그것은 장비다.

이 대회의 출전자 대부분이 알아차린 것이지만, 배시의 장비를 만든 대장장이는 미숙했다.

다시 말해 장비 파괴를 목표로 한다면 승산은 있다.

그것조차 가느다란 실 한 줄기를 더듬어 찾는 것 같은, 가냘픈 가능성에 불과하다.

하지만 바라바라도반가는 그것이 가능하다고 확신했다.

왜냐면 배시는 힘을 조절하고 있으니까.

배시가 전력으로 움직인다면 무기가, 혹은 갑옷조차도 산산이 파괴되어버릴 것이다.

대장장이…… 프리메라를 얕잡아볼 생각은 없다.

바라바라도반가조차 이 남자의 전력을 견뎌낼 장비를 만들 자신은 없었다.

이 오크에게 걸맞은 무기를 만든다면 그것은 전설의 대장장이로서도 이름을 떨친 전귀 드라드라도반가, 혹은 소문으로 이름 높은 데몬 대장장이 살몬 정도일 것이다.

그렇기에 배시는 힘을 조절할 수밖에 없다.

완력을 억누르고, 종기를 다루듯이 천천히 몸을 움직여야만 한다.

그러고서도 이름 있는 참가자들을 일격으로 끝낸 것은 그야말로 신의 위업이라고 말할 수밖에 없다.

모두가 그렇게 생각할 테지만 실제로는 조금 달랐다.

배시는 일격으로 끝낼 수밖에 없었던 것이다.

움직이면 움직일수록 부서지는 갑옷을 입고 있으니까 단기 결전을 선택할 수밖에 없었던 것이다.

그것을 이해할 수 있기에 바라바라도반가는 치욕을 선택했다.

"오오, 이건 어떻게 된 일인가?! 바라바라도반가, 계속 도망치는 것인가?! 용맹하고 과감한 저 남자가 무참히 도망치고 있다니?!"

중계석에서는 놀라서 소리 높이고 대회장 전체가 술렁거렸다.

자신이 어떻게 보이는지는 안다.

자신의 의지로 콜로세움에 와서, 게다가 준결승이라는 자리에서 토끼처럼 이리저리 도망친다.

참으로 무참한 일이리라.

참으로 겁쟁이 같은 일이리라.

바라바라도반가 스스로가 자신이 이런 식으로 도망치게 되리라 생각한 적은 없었다.

어떤 상대라도 정정당당, 맞설 생각이었다.

하지만 그래서는 안 된다.

그래서는 이길 수 없다.

돈조이의 긍지를 지킬 수 없다.

"훗!"

계속 도망치며 배시의 관절을 노렸다.

관절, 어깻죽지, 옆구리 아래. 갑옷은 쇳덩어리 하나에서부터 깎아내어 만드는 것이 아니다.

반드시 고정쇠가 존재한다. 무른 부분이 존재한다.

그곳을 노린다.

그런 척을 한다.

"으음!"

그러자 배시는 정확하게 카운터를 쳤다.

바라바라도반가의 머리를 스치듯이 살의의 덩어리가 지나갔다. 혹시 반걸음만 더 파고들었다면…… 그런 한기가 등줄기를 오싹하게 만들었다.

장비 강도가 대단하지 않으니까 죽음을 피할 수 있을 것이다. 하지만 머리에 맞는다면 실신은 면할 수 없다.

여하튼 그만한 위력의 공격이었다.

파고들 때마다 착실하게 복사뼈의 연결 부분에 부하가 걸리고 있을 터.

그것은 착실하게 다리 부분을 소모하는 것이리라.

다리 쪽 연결 부분을 마모시킬 수 있다면 다음은 어깨 둘레.

마지막으로 몸통 부분의 부품을 파괴할 수 있다면 갑옷 파괴는 완성된다.

시간을 들여서 신중하게 공격을 유발하고 상대의 자폭을 이끌어낸다. 자신의 공격은 최후의 순간뿐. 천천히 갑옷을 부순다.

도저히 드워프답지 않은 전투 방식이다.

게다가 이 계획은 단순한 실수로 무너진다. 공격 회피에 실패했을 때. 혹은 자신의 공격이 진짜가 아니라고 배시가 알아차렸을 때…….『오크 히어로』를 상대로 펼치기에는 무척 힘든 책략이었다.

하지만 바라바라도반가는 마지막까지 완수할 자신이 있었다.

'다음에 파고들면서 복사뼈 부품을 부수겠어.'

자신은 자신의 판단에 대한 신뢰에서 생겨난다.

프리메라의 대장장이 실력과 자신의 체력.

두 가지를 저울에 올리고, 마지막까지 할 수 있다고 확신했다.

"으음!"

"큭!"

절그럭, 검이 투구를 스쳤다.

배시의 검은 서서히 바라바라도반가의 회피를 웃돌고 있었다.

당연하리라. 상대는 격이 다른 전사다.

덧붙여서 바라바라도반가는 상대의 공격을 회피하는 것이 그다지 특기가 아니었다.

아무리 안전 일변도로 갈 생각이라도 계속 도망칠 수는 없었다.

'하지만, 다음은 없어.'

그러나 바라바라도반가는 그렇게 생각했다.

왜냐면 지금 공격으로 배시의 복사뼈 부품이 부하를 견디지 못하고 부서졌을 테니까.

다시 말해서 이제까지와 같이 파고들지는 않는다.

하지만 그럼에도 배시는 공격할 수밖에 없다.

이 대회에서는 교착 상태에 빠져서 더 이상 둘 다 싸울 수 없는 경우, 서로의 장비 손상 정도로 승패가 정해진다.

바라바라도반가의 갑옷은 아직 모든 부분에서 건재.

단 한 곳, 복사뼈의 작은 부품이라고는 하지만 파손된 부분이 있는 배시는 패배한다.

공격할 수밖에 없는, 그러나 파고드는 것이 약해질 수밖에 없는

배시를 상대로, 바라바라도반가는 카운터로 어깨 쪽을 노렸다.

"으음!"

"윽!"

알아차렸을 때에는 이미 늦었다.

배시는 그때까지 이상으로 깊이 파고들었다.

그렇다. 마치 "어라? 오늘은 조금 더 깊이 파고들 수 있겠는데"라고 그러듯이.

쇳덩어리가 터무니없는 속도로 바라바라도반가의 머리를 향해 들이닥쳤다.

바라바라도반가는 마치 슬로모션처럼 그것을 봤다.

회피할 수 없음을 깨달았다.

적어도 의식만큼은 제대로 유지하고자 복부에 힘을 실었다.

일격을 맞았다.

"――――."

바라바라도반가의 의식은 한순간에 날아갔다.

하지만 그 직전, 그는 봤다.

배시의 복사뼈. 부서졌을 터인 부품이 건재하다는 것을.

'프리메라, 성장했구나…….'

바라바라도반가의 오산.

그것은 늘 눌려만 있던 동생이 이 대회를 치르며 성장했다는 것이리라.

'역시 오크의 영웅이라고, 해야 할까…….'

카르메라가 무슨 소리를 해도 생각을 바꾸지 않던 어리석은 동

생을 이렇게까지 성장시킨 배시를 칭송하며, 바라바라도반가는
땅에 쓰러졌다.

"승자, 배시! 결승 진출!"

박수는 없었다.

# 9. 무신구제 본선 둘째 날 결승전

결승전.

준결승에서 승리한 두 맹자가 싸우고 긴 대회에 종지부를 찍는다.

이만큼 흥분되는 일은 없다며 관객들은 술렁거리고, 기대감으로 가슴을 부풀리고 있을…… 터였다.

올해의 결승전은 이상하게 조용했다.

준결승에서 바라바라도반가가 드러낸 무참한 싸움이 원인이었다.

이곳에 있는 관객 대부분이 바라바라도반가가 평소에 어떻게 싸우는지를 알고 있었다.

드워프답게 장비에 의지하여 정면으로 어떠한 적이라도 물리쳤다.

일찍이 드라드라도반가를 떠오르게 만드는, 그런 모습으로 싸웠다.

그것이 바라바라도반가다.

그런 남자가 마치 신병처럼 주춤거리고, 게다가 미처 도망치지 못해서 자폭하듯이 졌다.

누구 하나 박수를 치지 못하고 동요와 곤혹에 휩싸였다.

하지만 관객 일부는 생각하는 것이었다. 바라바라도반가가 겁을 먹은 것으로 여겨지진 않는다고.

왜냐면 그는 이 무신구제의 전 챔피언이었으니까.

작년, 모든 적을 용감하게 쓰러뜨리는 모습을 모두가 기억하니까.

그리고 올해도 배시와의 전투 이외에는 모두 제대로 싸우지 않았는가.

틀림없이 그에게는 무언가 책략이 있었던 것이다.

모두가 그렇게 생각하고 싶었다.

그렇게까지 하지 않는다면 이길 수 없었다. 그렇게까지 하고서도 미치지 못했다고.

『오크 히어로』 배시란 그런 수준의 존재라고.

그런 오크에게 도전하려 하는 상대 또한, 오크.

지난 대회에서 노예의 신분으로도 준우승을 거둔 오크.

돈조이.

노예 오크 최고의 실력자.

왼손에 장비한 소형 방패를 정교하게 다루는, 노예 투기의 인기인.

그가 얼마나 강한지 아는 사람은 많다.

어디서 장비를 조달했는지는 알 수 없고 대기실에 있는 대장장이도 누구인지 모르겠지만, 올해의 우승 후보 중 하나임은 틀림없었다.

하지만 그럼에도 상대는 배시.

오크의 영웅.

이제까지 두 사람의 싸움을 비교해보고, 돈조이가 이길 수 있다고 생각하는 이는 전무했다.

강한 자가 이긴다. 그건 좋다. 이 투기장의 섭리다.

하지만 배시가 얼마나 강한지 목격한 사람, 배시의 이명을 아는 사람, 전장에서 배시와 관련된 이야기를 아는 사람은 다들 이렇게 생각하며 입을 다물고 있었다.

'어른스럽지 않다.'

마치 아이들 장난에 어른이 끼어든 것 같은, 그런 착각조차 느끼는 것이었다. 물론 배시가 참가해서는 안 된다는 규칙은 물론 불문율조차 존재하지 않았지만, 그럼에도.

지금 투기장에 있는 것은 돈조이 혼자.

잠시 후에는 장비 수리의 시간을 마친 배시가 모습을 드러낼 것이다.

◆ ◆ ◆

배시가 투기장에 도착했을 때, 돈조이는 눈을 감고 팔짱을 끼고서는 미동도 않고 서 있었다.

하지만 배시가 눈앞까지 온 것을 보고는 표정이 어두워졌다.

"배시, 어째서……."

곤혹스러워하는 돈조이에게 배시는 말했다.

"네가 원하는 건 안다."

배시로서는 돈조이가 무엇을 위해 이 대회에 출장하고, 무엇을 위해 배시에게 기권을 부탁했는지 알 방도는 없었다.

하지만 배시도 어찌어찌 알 수 있었다.

돈조이는 무언가 원하는 것이 있어서 이 대회에 나왔다고.

그리고 우승하기 위해서 적대하는 자를 물리쳤다고.

돈조이가 원하는 것은 무엇인가.

그것은 아마도 명예일 것이라고 배시는 예상했다.

오크는 강함을 과시하고 자신의 힘을 긍지로 생각하는 존재다.

나라를 나오고 붙잡혀서 노예가 된 그는, 그야말로 명예를 빼앗긴 상태.

명예를 되찾기 위해서는 이 대회에 우승하는 것이 최선이다.

배시는 그렇게 생각했다.

뭐, 그럭저럭 틀린 말은 아니라고 할 수 있으리라. 정답과는 거리가 멀지만.

"하지만 내게도 원하는 것은 있다…… 나는 우승한다면, 여자를 손에 넣을 수 있어."

그 말에 돈조이의 안색이 바뀌었다.

설마 세상에, 말도 안 돼, 여자라면 주겠다고, 그렇게 약속하지 않았나.

그런 생각으로 관객석 한편을 봤더니 그곳에는 돈조이의 아내인 드워프 여자가 마른침을 삼키며 이쪽을 보고 있었다.

배시 역시도 그쪽을 봤다.

"어째서냐……? 대체 무슨 소리냐, 배시."

배시는 시선을 다시 돈조이에게 향했다.

솔직하게 말하면 돈조이의 아내는 배시 취향이 아니었다.

건강한 아이를 낳는, 좋은 여자일지도 모르지만…….

다만 문제는 그 부분이 아니었다.

만약 돈조이의 아내가 엄청나게 미인이었다면 이 순간에 마음이 바뀌었을 가능성도 있지만, 아니었다.

이유는 두 가지.

우선 배시는 오크의 영웅이다.

배시 본인은 여자라면 누구라도 괜찮다고 생각하지만, 역시나 데리고 간다면 영웅으로서 부끄럽지 않은 여자가 바람직하다.

추방자 오크인 돈조이에게 노예 여자를 받아서 데려간다니, 한심해서 오크 킹을 볼 낯이 없다.

그리고 또 하나.

이쪽이 중요했다.

"돈조이. 네게도 오크로서의 긍지가 있다면 원하는 것은 싸워서 빼앗아라."

"?!"

그 말에 돈조이는 번개라도 맞은 것 같은 충격을 받았다.

'그래. 그 말이 옳아.'

어째서 자신은 배시와의 싸움을 피하려고 했나.

목적은 같으니까. 마지막은 자신의 손으로 결정하고, 자신의 입으로 노예 해방을 선언하고 싶으니까.

그것도 있었다.

하지만 그것만이 아니었다.

돈조이의 마음속 어딘가에 이런 생각이 있었던 것이다.

『배시한테는 절대로 이길 수 없다.』

그러니까 싸우기 전부터 포기했다.

옛날에는 달랐다.

부더스 중대 모두가 살아있던 무렵에는 자신이 더 강하다고 생각했다. 실제로 옛날에는 자신이 강했다. 어느새 호각이 되고 추월당했지만, 그 후로도, 실제로 싸운다면 지지는 않는다고 생각했다.

그런데 어느샌가 배시는 부대 최고의 전사가 되고, 어느샌가 나라에서도 톱클래스의 전사가 되고…….

그리고 돈조이가 노예로 지내는 사이에 배시는 『영웅』이다.

지금은 이제 배시에게 이길 수 없다는 사실에 의문조차 느끼지 않게 되었다.

"……오크로서의 긍지, 인가."

긍지.

그렇다, 돈조이가 되찾고 싶은 것은 긍지다.

노예가 되어 잃어버린, 자랑스러운 그 심정이다.

노예가 된 뒤로 어느 정도 시간이 지나, 주인인 드워프가 입에 담은 말을 떠올렸다.

『오크한테는 싸움과 여자만 주면 그만이야.』

그들은 귀중한 노예였다.

투기장에 끌려 나가서 노예들끼리 싸우고, 관객들이 죽일지 말지를 정하게 된 것은 극히 최근이다.

지하 격투장에서 싸우던 무렵에는 엉성한 무기를 들고 쉽게 부서지는 방어구를 입었다.

장비가 부서지면 끝. 무신구제와 같은 규칙.

일단 죽을 일은 없는, 유희 같은 결투를 기나길게 되풀이했다.

그런 것이 오크의 싸움이란 말인가.

오크의 결투는 조금 더 이렇게, 영혼으로 영혼을 씻어내는 듯한, 굉장한 것이다.

"그렇군. 내가 잘못했어."

어느샌가 돈조이의 마음은 약해졌던 것일지도 모른다.

이런 힘겨운 상황을 빠져나가고 싶다는 생각이 컸던 나머지, 영웅에게 최악의 부탁을 했던 것일지도 모른다.

"오크들의 진정한 결투가 어떤 것인지, 드워프들에게 가르쳐 주자."

원하는 것은 싸워서 빼앗는다.

여자도 자유도, 그저 양보를 받는 것이 아니다.

싸워서 빼앗는 것이야말로 오크.

오크로서의 긍지가 있다면, 설령 상대가 배시일지라도 싸우고 이겨서 빼앗아야만 한다.

'또 배시한테 배웠군.'

그런 생각을 하며 돈조이는 검과 방패를 들었다.

배시 역시도 대검을 들었다.

그리고,


**"그라아아아아아아아아오오!"**


투기장 전체가 뒤흔들렸다.

떨렸다.

적막했다.

동시에 떠올렸다.

드워프들은 떠올린 것이다.

투기장에서 들리는, 돼지 울음소리 같은, 맥 빠지는 것이 아니다. 전쟁 중, 오크와의 전투에서 자신들이 들은, 그 포효를.

전장에서 느낀 몸의 떨림, 그리고 공포를.

진정한 워 크라이를.

**"그라아아아아아아아아아아아오오오!"**

두 번째 진동은 더욱 컸다.

오크의 영웅이 내지르는 워 크라이는 투기장의 관객 모두를 공포에 빠뜨렸다.

동시에 가슴이 뛰었다.

생각해보면 배시는 이 대회에서 한 번도 워 크라이를 하지 않았다.

바라바라도반가와 싸울 때조차 진심이 아니었다.

하지만 아니다. 결승전, 같은 오크들끼리 싸우는 자리에서 그는 진심을 발휘하는 것이다. 역전의 용사들이 한결같이 입을 다물고 얼굴이 새파랗게 질리면서도 선망의 시선을 보내는, 저 남자가.

대회장이 술렁거리고, 점차 흥분한 목소리가 터져 나왔다.

그와 동시에 오크들은 서로를 향해 한 걸음 내디뎠다.

두 걸음, 세 걸음…… 달려갔다. 방어 따위는 전혀 생각하지 않았을 돌진. 부딪치는 것과 동시에 뱃속 깊이 울리듯 무거운 금속음이 콜로세움에 울려 퍼졌다.

결승전이 시작되었다.

◆ ◆ ◆

일격으로 끝났다고 모두가 생각했다.

배시가 펼친 신속의 일격이 돈조이에게 박히고, 돈조이는 몇 미터 날아갔다.

끝나지 않았다. 그렇게 깨달은 것은 그저 돈조이가 발바닥으로 착지했기 때문이었다.

돈조이는 날아간 기세 그대로, 이 미터 정도 발바닥으로 바닥에 이랑을 만들고 정지했다.

다름 아닌 배시의 일격을 견뎌냈다.

그것을 인식한 순간, 대회장이 술렁거렸다.

배시의 일격이 얼마나 무거운지 아는 이가 감탄을 터뜨린 것이었다.

바라바라도반가와의 싸움을 보면 알 수 있듯이, 배시의 일격을 견뎌내는 방어구는 존재하지 않는다.

그렇다면 돈조이는 왼손에 든 저 방패로 흘려 넘긴 것이 틀림없다.

하지만 그 누가 드래곤을 정면으로 물리치는 일격을 흘려 넘길 수 있다는 말인가.

엄청난 기량이었다.

"이봐. 저 돈조이라는 남자, 전쟁 중에는 배시와 같은 부대에 있었다던데."

누군가 그런 말을 꺼내자 대회장은 잔뜩 끓어올랐다.

배시와 호각으로 싸울 수 있는 남자가 있다.

간단히 끝난다고 생각했던 대결이, 배시가 어른스럽지 못하게 우승을 독차지한다고만 생각했던 대회가. 결말을 알 수 없게 되었다. 재미있어졌다고.

"그라아아아아아아아!"

돈조이가 우렁차게 외치고 배시에게 돌진했다.

오크다운, 만용이라고도 할 수 있을 돌진.

배시도 그에 반격했다. 대검을 들고, 앞으로 내디디고, 휘두르고, 시간조차 뿌리치는 듯한 일격을 돈조이에게 펼쳤다.

충격파가 두 사람 주위로 둥실 흙먼지를 피워 올렸다.

키이이이이잉…… 금속음이 메아리쳤다.

돈조이가 날아가서 지면에 또다시 이랑을 남겼다.

배시는 더 이상 힘 조절 따위는 하지 않았다.

이것이 결승전, 더 이상 앞일을 생각하지 않아도 되기는 한다지만, 돈조이가 내지른 워 크라이가 배시에게서 힘 조절이라는 말을 날려버렸다.

지금 펼쳐지는 것은 오크의 결투.

자긍심과 자긍심, 긍지와 긍지가 맞부딪친다.

오크의 영웅인 배시가 힘 조절 따위를 할 리도 없고.

그렇기에 돈조이도 파고든다.

방패를 오른손으로 바꿔 들고, 검을 왼손으로 움켜쥐고.

어째서, 모두가 의문스럽게 생각했다.

돈조이가 오른손잡이라는 사실은 투기장에 자주 다니는 오크라면 누구라도 알고 있었으니까.

하지만 그 이유는, 모두가 금세 예상할 수 있었다.

돈조이의 왼팔 뼈는 이미 부러졌다.

오크는 무기를 버리지 않는다. 결투라면 더더욱.

버리더라도 방패가 먼저. 주로 쓰는 손에 드는 것은 무기가 일반적.

하지만 돈조이는 방패를 선택했다. 자신의 특기인 방패로 간다.

방패를 든 채로 우직하게 돌진하여 배시에게 들이닥쳤다.

"그라아아아아아아오오오!"

배시가 자세를 잡고, 걸음을 내디뎠다.

"!"

하지만 단 한 순간, 그 움직임이 둔해졌다.

다음 순간, 돈조이는 배시의 품속으로 파고들고 있었다.

배시의 대검 간격 안쪽. 한 손으로 검을 다루는 돈조이에게는 필살의 간격.

부러진 왼손으로 내지른 검은 배시의 목덜미 살점을 도려내어 선혈을 흩뿌렸다.

곧바로 배시가 돈조이에게 니 킥을 날렸다.

또다시 몇 미터 간격이 벌어졌다.

돈조이의 방패는 너덜너덜했다. 둥근 형태의 두꺼운 철판은 이미 쓸 수가 없을 정도로 움푹 들어간 상태였다.

배시의 공격을 세 번이나 막아낸 것이다. 아무리 흘려 넘겼다고는 해도 모든 충격을 무효화시킨 것은 아니었다.

두 번의 검격으로 돈조이의 왼팔 뼈는 부러졌다. 일격을 흘려낸 것만으로 오른팔 뼈도 삐걱댔다. 하지만 그럼에도 검과 방패를 든 손에서 힘은 빠지지 않았다.

통증은 있었다.

돈조이는 손에 격통을 느꼈다.

하지만 워 크라이를 내지른 전사는, 통증 따위로 움직임이 둔해지지는 않는다.

"배시이!"

"돈조오이!"

배시가 자세를 잡았다.

이제까지와 다른 자세. 검을 거꾸로 들고, 어깨로 받치고서 내던지는 것처럼, 혹은 그대로 내지르는 것처럼.

돈조이는 자세를 바꾸지 않았다.

지금까지처럼 방패로 비스듬히 선 몸을 가리며, 배시를 향해 똑바로 나아갔다.

교차는 한순간.

소리는 길게 울렸다.


배시와 돈조이는 맞부딪친 자세 그대로 정지했다.

돈조이가 날아가지 않고, 배시 역시도 움직임이 멈췄다.

결판이 났다고 모두가 이해했다.

하지만 누가 이겼는지는 누구도 알 수 없었다.

적막 가운데, 관객이 들은 것은 소리굽쇠가 울리는 듯한 소리였다.

이이잉, 이이잉…… 그 소리는 간헐적으로 들렸다.

어디서? 투기장 밖인가? 아니, 위다.

관객이 올려다봤을 때, 하늘에서 떨어지는 것이 있었다.[

도반가 공에 뻥 뚫린 세로굴. 그곳으로 비쳐드는 빛을 반사하며 은색으로 빛나는 무언가가 떨어졌다.

그것은 투기장 바깥쪽에 깡 소리와 함께 닿고는 크게 포물선을 그리며 튕겨 올랐다.

그것은 투기장 중앙, 배시와 돈조이 근처로 날아가서…… 푹 소리를 내며 지면에 박혔다.

검이었다.

아니, 도신이라고 해야 할까.

검 중간 정도부터 앞쪽의 날이, 지면에 박혀 있었다.

'누구 거지?'

살펴보자 그것은 일목요연.

배시의 검이 중간 정도부터 부러진 상태였다.

반면에 돈조이의 손에 검은 없었다. 하지만 찾아보면 금세, 투기장 외곽에 박혀 있는 것이 보였다. 건재했다.

돈조이의 방패는 당장에라도 둘로 쪼개질 것만 같았지만 아직 원형을 유지하고 있었다. 역시나 건재.

배시의 검만이 부러졌다.

"스, 승자…… 돈조이이이이!"

심판의 목소리가 울려 퍼지고, 무신구제의 승자가 결정되었다.

◆ ◆ ◆

몇 분 뒤.

돈조이는 여우에 홀린 것 같은 기분으로 투기장 중앙에 서 있었다.

배시의 모습은 이미 없었다. 패자는 떠나고 승자만이 남은 것이었다.

하지만 이겼다는 감각은 희미했다.

상대는 다름 아닌 배시.

돈조이가 포로가 되기 직전에는 이미 부대 안에서 이길 자는 없었다.

언젠가 영웅이 되리라는 소문이 돌고, 그리고 영웅이 된 바로 그 배시였다.

한창 싸우는 도중에 느낀 것은 확연한 역량 차이였다. 검격을 흘려내고서도 부러진 왼팔. 품으로 들어가서 목덜미를 베고, 그러고서도 멈추지 않는 담력과 돌진력.

마지막 일격 역시도 그랬다.

배시라면 검이 부러지더라도 돈조이를 무찌를 방법이 있었을 터.

아니, 그 전의 교차……

배시의 품속으로 들어갔을 때부터 이상했다.

그렇다, 들어간 것이다. 배시의 품속으로.

스피드에 특화된 비스트 전사들조차 들어갈 수 없었던, 배시의 품속으로.

힘을 조절했을 것이라고 돈조이는 생각했다.

그렇다고는 해도 돈조이에게 승리를 줄 생각은 없었을 터. 검격은 무거워서 성공적으로 흘려 넘기지 못했다면 즉사했을 수도 있었다.

어느 정도 힘을 조절하고 돈조이가 그것을 웃돈다면 물러나겠다, 그렇게 생각했던 것이리라.

본래라면 굴욕적이지만 신기하게도 돈조이는 기분이 나쁘지 않았다.

왜냐면 조금 전의 배시는 작년에 싸운 우승자…… 올해야말로 복수하겠다고 불타던 상대인 바라바라도반가보다 강했으니까.

말 그대로 배시는 진정한 오크의 결투를 관객에게 보여주었다.

오크의 긍지를 지켰다.

그러고서 돈조이에게 승리를 양보한 것이다.

모든 것을 이해하고서.

과거의 배시라면 그런 일은 못 했을 것이다.

간단히 돈조이를 무찌르고 승자로 군림했을 터.

마지막으로 헤어졌을 때는 아직 애송이 냄새가 빠지지 않은 구석이 있었다.

하지만 이제는 다른 것이리라.

돈조이가 노예로서 정체된 사이, 배시는 착착 성장해서 명실공히 영웅이 되었다.

"우승자 돈조이여!"

돈조이는 고개를 들었다.

어느샌가 드워프의 왕이 투기장 귀빈석에 앉아서 이쪽을 내려다보고 있었다.

"자, 소원을 말하도록 해라!"

아니, 그렇지 않다. 틀림없이 이것은 승리를 양보받은 것이 아니다.

돈조이는 오크의 영웅으로부터 시련을 부여받고, 그것을 뛰어넘은 것이다.

그렇기에 가슴을 펴고, 돈조이는 입을 열었다.

자신의 손으로 이루어내기 위해.

"이 땅에 있는, 모든 노예의 해방을!"

이리하여 돈조이는 해방되었다.

도반가 공에 잡혀 있던 모든 노예 오크와 함께.

ORC HERO
STORY
# 오크영웅이야기
## 춘탁열전

# 10. 프러포즈

결승전이 진행되고 있을 때, 프리메라는 대기실에서 신에게 기도하고 있었다.

아마도 기도한 것은 배시의 무운이라고 생각하지만 구체적으로 어떻게 되기를 바란다는 소원은 없었다.

허나, 그저 기도했다.

배시가 나가고 한동안 대기실은 조용했다.

투기장의 술렁거리는 소리는 들리지 않았다.

프리메라는 몰랐지만 투기장 자체가 그다지 떠들썩하지 않기도 했을 것이다.

잠시 후에 와아, 함성으로 대결이 시작된 것을 알 수 있었다.

함성은 수차례.

길게 이어지지는 않았다.

하지만 함성이 터질 때마다 프리메라의 어깨는 떨렸다.

이윽고 대기실조차도 뒤흔드는 큰 함성이 들렸다.

대결이 끝났음을 바로 알 수 있었다.

프리메라는 손을 맞잡고 기도했다. 무엇을 어떻게 기도했는지는 그녀 스스로도 알 수 없었다.

그 기도를 들어주었는지, 혹은 들어주지 않았는지…….

이윽고 대기실 문이 철컥 소리를 내며 열렸다.

입구에 서 있던 것은 배시였다.

배시는 대기실로 한 걸음 들어오더니,

"음."

작은 목소리를 흘렸다.

동시에 절그럭 소리를 내며 어깨 갑옷이 떨어졌다.

어깨의 고정쇠가 튕겨 나갔다.

정강이 갑옷은 부서졌는지, 혹은 어디서 벗어버렸는지 한쪽 다리도 맨발이었다.

그것만이 아니었다.

배시가 오른손에 든 검 역시도 중간에서 부러져서 도신을 잃었다.

"아아……."

프리메라는 안도한 것 같은, 그러면서도 미안하다는 심정으로 배시를 올려다봤다.

진 것이다.

자신의 미숙한 장비 탓에.

"졌구나?"

"그래."

배시는 명백하게 이제까지와 다른, 낙담한 말투로 고개를 끄덕였다.

하지만 이것으로 잘 됐다며 프리메라는 생각했다.

배시한테는 미안하지만 자신은 미숙했다.

무기도 방어구도 완벽과는 거리가 먼 것은 물론, 다른 참가자가 입은 것과 비교하면 장난감이나 마찬가지였다.

우승해도 될 리가 없었다.

자신이 그런 영예를 얻어도 될 리가 없었다.

준우승이라는 결과도 결코 프리메라에게 걸맞지는 않지만 그래도 우승보다는 나았다.

안도했다.

"미안해."

"……어쩔 수 없지. 돈조이의 기백은 진짜였다. 나도 진심으로 부딪치지 않는다면 긍지에 흠이 가겠지."

동시에 분하기도 했다.

혹시 자신이 조금 더 좋은 장비를 만들 수 있었다면…….

배시가 진심을 발휘하더라도 견딜 수 있을, 최고의 무기를 만들 수 있었다면…….

그런 생각을 지울 수가 없었다.

자신이 조금 더 숙련되었다면, 배시는 이런 소리를 할 필요가 없었을 것이다.

"이제부터, 어떻게 할 거야?"

"그렇군…… 다른 마을로 가겠지."

배시로서는 이 마을에서 계속 신부를 찾더라도 딱히 상관없었다. 드워프의 마을은 아무리 여자에게 말을 걸어도 문제없으니까.

하지만 무신구제라는, 가장 크고 확실한 기회를 날리고 말았다.

그렇다면 이 마을에 집착할 이유도 없었다.

여하튼 이 마을에 있는 것은 대부분이 드워프. 나쁘지 않은 여자도 있지만 기본적으로 배시의 취향에는 맞지 않는 것이었다.

"그런…… 가……."

프리메라는 그 말을 듣고 아랫입술을 깨물었다.

자신의 역량 부족으로 우승하지 못했다. 그렇다면 시합 전에 한 약속도 소용없을 것이다.

프리메라로서는 복잡한 기분이었다.

안도하는 것과 동시에 아쉬운, 그렇다고 우승을 전제로 한 약속을 자기 쪽에서 굽히는 것도 어쩐지 이상한, 그런 기분이었다.

"바로 나갈 거야?"

"그래. 이제 이곳에 용건은 없으니까 말이다."

배시는 그러더니 발길을 돌렸다.

이후로는 프리메라의 집에 놓아둔 검을 회수하고 또다시 여행에 나설 것이다.

"있잖아!"

그런 배시의 등 뒤에서 프리메라가 말을 건넸다.

여기서 간단히 보내어서는 안 된다고, 프리메라 안의 무언가가 외치고 있었다.

그래서 프리메라는 뜻을 다졌다.

단계를 무척 뛰어넘은 말이라는 자각을 하면서도, 그 말을 던졌다.

"내가…… 평생 네 무기를 만들어주면 안 될까?"

그것은 드워프 스타일의 프러포즈였다.

생애를 함께 할 전사의 무기를 만들겠다. 전장에서 목숨을 맡길 파트너가 되어다오.

그런 의미를 담은, 전시 상황에서 드워프의 말.

평화로운 시대가 계속된다면 또 다른 말도 생겨나겠지만, 전쟁이 끝나고 아직 삼 년.

프리메라는 이것밖에 모른다.

"이미 충분하다."

그리고 물론 배시도 그런 프러포즈의 말은 모른다.

혹시 이곳에 시끄러운 페어리 하나라도 있었다면 "지금 그거! 혹시 가능성이 있을지도 모른다고요!"라며 떠들어댔을지도 모르지만…….

안타깝게도 이곳에 젤은 없었다.

"그런가…… 그렇겠지…… 너 정도 되는 사람이, 나 따위한테……."

어깨를 떨어뜨리며 힘없이 고개를 숙인 프리메라를 보자 배시는 마음이 조금 불편했다.

자신이 패배한 탓에 미소녀가 낙담하고 있으니까 당연했다.

자, 어쩌면 좋을까. 위로의 말이라도 건네야 할까.

"……혹시, 지금 쓰는 검이 부러지는 일이 생긴다면, 부탁하지."

망설인 끝에 배시가 입에 담은 것은 그런 말이었다.

"……! 알았어! 그때까지, 확실하게, 네가 만족할 수 있는 검을 만들 수 있도록 할게!"

프리메라는 고개를 들더니 끄덕끄덕 몇 번이고 끄덕였다.

배시가 건넨 그 말은 썩 이해되지 않았지만 그래도 기회는 있다고 그러는 것 같아서.

"그럼."

"응······."

그리하여 프리메라는 배시를 배웅했다.

제멋대로인 자신에게 어울려주며 마지막까지 불평 한마디 없이, 정말로 소중한 것을 가르쳐준 위대한 남자를······.

"고마워······ 나, 열심히 할게······."

홀로 남은 대기실에서 프리메라는 결의를 새로이 하는 것이었다.

"당신—! 수고했어요! 이것 참, 설마 당신이 질 줄이야! 하지만 하지만, 실력으로 따지자면 당신이 압도했다고요! 규칙이 있는 시합이니까 이것도 어쩔 수 없네요! 돈조이 씨도 이 규칙에 따른 싸움을 무척 많이 치렀던 모양이고요! 그렇다면 승부는 그때그때의 운에 달렸다고 할까요! 솔직히 그대로 계속했다면 당신의 승리였고, 가끔은 승리를 양보해주는 것도 당신의 그릇이라고 할까요!"

배시가 대기실 밖으로 나오자 아부가 덮쳐들었다.

그 아부는 배시 주위를 선회하며 마구 칭찬하고, 그러고서 위로한다는 고급 테크닉을 구사하더니 마지막에는 배시의 어깨를 끌어안았다.

젤이었다.

"하지만 아쉽네요. 갑옷이 조금 더 튼튼했다면 우승할 수 있었을 텐데······."

"그렇군. 하지만 내게 승리했으니 돈조이의 명예도 회복되겠지. 가슴을 펴고서 나라로 돌아갈 수 있을 터다."

"돈조이 씨, 이겼다고 생각하지는 않는 탓인지 멍하던데 말이
죠……."

젤은 관객석에서 대결을 보고 있었다.

참고로 돈조이가 배시와 같은 부대였다는 정보를 흘린 것도 젤
이었다.

"다음은 어떻게 하나요? 이 마을에서 계속 여자를 찾나요?"

"아니, 다른 마을로 가지."

"음——……."

젤도 이곳 도반가 공에서 신부를 찾는 배시의 안색이 밝지 않
다는 것은 알고 있었다.

적어도 휴먼의 마을이나 엘프의 마을에 있던 무렵에는 조금 더
기대와 희망과 욕정으로 가득한 눈빛으로, 길을 가는 여자들을
보고 있었다.

신부 후보를 찾을 때도 "나쁘지는 않다. 나쁘지는 않지만……"
하며 미묘한 표정이 많았다.

뭣하면 솔직히 프리메라의 가슴 계곡을 보고 있을 때가 가장 기
뻐 보였다고 할 수 있을 것이다.

역시 드워프는 취향이 아닌 것이리라.

생각해보면 패배하고 투기장에서 나온 뒤로도 그다지 아쉽다
는 표정은 아니었다.

기대가 평소보다 작았던 만큼 낙담도 작았다는 의미이리라.

"뭐, 그러네요."

그렇다면 이런 마을에서는 냉큼 떠나는 편이 낫다.

배시에게 어울리는 여자는 다른 곳에 얼마든지 있으니까.

"하지만 다음은 어디로 갈까요."

그때 배시 앞을 막아서는 그림자가 있었다.

"배시 님!"

금속 갑옷에 폭넓은 검.

비슷한 복장인 사람이 많은 가운데 조금 특색이 다른 얼굴.

도마뱀 머리의 청년. 타이드나일이었다. 그는 눈에서 눈물을 뚝뚝 흘리며 배시의 손을 잡았다.

"조금 전…… 조금 전, 모든 노예가, 해방되었습니다……!"

"……? 그런가."

"저, 웃…… 훌쩍, 저는, 감동해서…… 어째서, 웃, 배시 님 정도 되시는 분께서 이런 축제에 참가하셨는지, 그게 그런…… 그런…… 저, 노예가 될 뻔했던 경험도 있으니까, 으어…… 마지막 대결도…… 쿨쩍……."

"으음……."

타이드나일의 이야기는 지나치게 오열이 섞인 탓도 있어서 좀처럼 내용을 파악할 수가 없었다.

하지만 아무래도 이 도마뱀 청년은 배시가 우승했을 때에 무엇을 바라고 있었는지 알아버린 듯했다.

환멸하고 만 것이리라.

오크의 영웅씩이나 되는 자가 여자 하나 마음대로 못 한다는 사실을 알고서.

"저기, 배시 님, 이제부터는 어떻게 하실 겁니까?"

"음. 일단 이 마을을 나갈 생각이다. 아직 다음으로 가야 할 장소의 정보는 없다만……."

"가야 할 장소의 정보가 없다고요?! 그렇다면 저희 마을로 와 주십시오! 틀림없이 다들 환영할 겁니다!"

타이드나일은 잡아먹을 기세로 그렇게 말했지만 배시는 씁쓸한 표정을 지었다.

리자드맨은 오크와 사이가 좋은 종족이다.

페어리와 달리 전쟁 중에 팀을 짠 것은 아니지만, 물에서의 전투가 특기인 리자드맨이 작전에 관여하는 경우는 많았다.

배시 본인도 딱히 리자드맨에게 나쁜 인상을 가진 것은 아니었다.

전우로서 어깨를 나란히 하는 것은 든든하다고 생각한다.

"아니, 구경을 하러 다니는 여행이 아니다. 여기저기 들를 수는 없지."

"그렇……군요……."

하지만 여행의 목적을 생각하면 받아들일 수는 없었다.

그런 소리를 하는 것도, 리자드맨은 오크에게 추한 종족인 것이다. 드워프 이상으로.

적어도 성교의 상대로 걸맞다고 생각하는 자는 상당히 유별난 사람뿐일 것이다. 배시로서도 리자드맨을 아내로 맞아서 아이를 만드는 것은 사양하고 싶었다.

설령 배시의 구혼을 받아줄 여자가 있을지라도, 말이다.

"이번 같은 일이 있다면 그곳으로 가고 싶다만."

"이번 같은……."

타이드나일은 고개를 갸웃거렸다.

애석하게도 오크가 노예가 되었다는 이야기는 들은 적이 없었다.

하지만 이번 같은, 그 말에 『축제』라는 단어를 떠올렸다.

"아!"

"뭔가 있나?"

"아니, 이거, 배시 님께는 관계가 없는 이야기라고 생각하는데요."

"음?"

"비스트 나라 셋째 공주 이누에라 님과 엘프 나라 토리카부토 님의 약혼이 정식으로 결정되었다고 그러니까, 비스트 나라는 지금 축하하는 축제 분위기라는 모양이더라고요."

"그런가."

정말로 관계없는 이야기였다.

배시는 어깨를 떨어뜨렸다.

하지만 그렇게 생각한 것은 배시뿐, 젤은 딱 떠올랐다.

"당신…… 그거예요!"

"뭐라고?"

"잠깐만 귀 좀 빌려줘요!"

젤은 속삭인다. 요정의 속삭임이었다. 이제까지 수많은 종족이 이 속삭임을 진심으로 받아들여서 지독한 일을 당했다고 한다.

배시에게는 단순히 전우의 말이지만.

"사람은 다른 누군가에게 좋은 일이 있다면 그만 부러워져서 따라 하고 싶어지는 게 아닐까요?"

"음."

다시금 떠오르는 것은 엘프의 나라에서 있었던 일.

배시가 프러포즈에 실패하는 한편, 『숨통을 끊는 자』는 멋지게 엘프 아내를 얻었다.

부럽기 그지없었다.

따라하고 싶지 않다면 거짓말이었다.

엘프는 일부일처제니까 단념했지만……

"아마도 비스트의 나라에서도 비슷한 일이 벌어질 거예요."

"그래서?"

"정말이지, 당신은 둔하다니까! 알겠나요, 공주님이 결혼한다는 건 그걸 계기로 비스트 나라에서도 이종족과의 결혼이 유행한다는 소리예요!"

"!"

이제부터 이종족과의 결혼이 유행한다.

확실히 듣고 보니 그럴 가능성도 있나.

배시는 젤을 봤다.

득의양양한 표정으로 가슴을 펴는 요정의 정보 수집 능력과, 수집한 정보에서 적의 목적을 탐지하는 능력을 이다지도 든든하다고 생각한 적은 없었다.

"젤. 네가 이 여행에 동행해주어서 다행이다."

"헤헤, 서먹서먹한 소리 하기 없기에요!"

배시의 어깨를 젤이 찰싹 때렸다.

배시는 젤에게 다시금 감사하고 다시 타이드나일을 돌아봤다.

"정보에 감사하지. 비스트 나라로 가볼 생각이다."

"……."

타이드나일은 고개를 갸웃거렸다.

다만 지금 들리지 않게 나눈 이야기를 짐작하기에, 무언가 이유가 있어서 그런 것이라고 멋대로 추측했다.

왜냐면 지금 대화를 나누는 상대는 다름 아닌 배시.

드워프 나라에 붙잡힌 오크 노예를 해방하고 긍지를 지켜낸, 진정한 영웅이니까.

"알겠습니다! 제 정보가 도움이 된 것 같아 다행입니다!"

"언젠가 이 여행이 끝날 때, 너희 마을에도 들르도록 하지."

"예! 그때는 마을 전체가 함께 환영하겠습니다!"

"그럼!"

"예, 건강하시길!"

이리하여 배시는 여행에 나섰다.

똑바로, 비스트의 나라를 향하여.

◆ ◆ ◆

드워프의 나라, 도반가 공은 그 후로 며칠이나 무신구제 이야기로 떠들썩했다.

전후 계속 붙잡혀 있던 오크 노예들.

자유와 긍지를 되찾고자 계속 발버둥 치던, 어느 노예 전사.

그들을 구하러 온 것은 어느 오크의 영웅.

영웅은 전귀의 딸의 힘을 빌려 무신구제 정상까지 오르고, 노예 전사와 상대했다.

영웅은 전사에게 시련을 주고, 전사는 시련을 넘어섰다.

이리하여 전사는 자유와 긍지를 되찾고, 나라로 돌아간 것이었다…….

그런 노래가 술집 도처에서 흐르고, 드워프들은 오크의 의협심과 긍지와, 멋진 싸움에 건배했다.

오크 전사를 노예로 삼고 있던 상인들은 악행이 폭로되어 도반가 공에서 도망치듯 떠났다.

콜로세움은 폐쇄되었지만 돈벌이를 좋아하는 드워프들이기에 언젠가 또 활기를 되찾을 것이다.

"하지만 말이야."

그렇게 술집에서 드워프들이 그 이야기를 할 때, 두 가지 의문이 부상했다.

하나는 영웅의 전말.

투기장에서 전사에게 승리를 양보한 그는 홀연히 모습을 감추고 말았다.

풀려난 전사들을 나라로 돌려보내지도 않고, 도반가 공에 남은 것도 아니고, 사라져버렸다.

그렇다고는 해도 그 무렵에는 시와나시 숲에서 벌어진 일들도 도반가 공에 전해졌기에, "영웅이 하는 일이야. 오크의 긍지를 지키고자 다음 장소로 향했을 테지"라고, 정답도 아니고 아예 동떨어지지도 않은 결론이 나왔다.

"전귀의 딸이라면 그 프리메라 말이지? 콧대만 강한 그 계집애가 영웅에게 힘을 빌려주다니, 도저히 그럴 것 같지가 않은데?"

또 하나는 영웅에게 힘을 빌려준 프리메라의 이야기였다.

"아니, 그게 말이지, 프리메라의 콧대를 꺾은 것도 영웅 배시야. 진정한 영웅에게 가르침을 받고 프리메라도 마음을 바꾸었다던데."

"정말이야?"

"그래. 그 증거로, 프리메라는 정말로 싫어했던 바라바라의 제자로 들어갔잖아. 아니, 제자로 들어간 정도가 아니라고. 매일처럼 혼이 나도 불평 한마디 없이 묵묵하게 계속 작업한다던데. 그 열의가 어느 정도냐면, 요전에 술집에서 바라바라가『나도 멍청히 있을 수는 없겠어』라고 그랬을 정도야. 다른 사람도 아니고 바라바라도반가, 말이지?"

"허――…… 어지간히도 영웅한테 영향을 받은 거겠지……."

그렇다, 프리메라는 배시와의 약속을 지키고자 도반가 공에서 가장 뛰어난 대장장이인 바라바라도반가의 제자로 들어갔다.

이제까지처럼 남들과 비교하거나 자신을 크게 과시하는 짓은 하지 않고, 한눈도 팔지 않고 대장장이 수행에 힘쓰고 있었다.

아직 그녀의 "어머니의 피가 나쁘다"라고 말하는 사람도 있었다.

하지만 영웅에게 힘을 빌려주고, 그러고서 계속 노력하는 그녀를 나쁘게 말하는 사람은 무척 줄어들었다.

"오, 소문 이야기라면."

그런 그녀는 사흘에 한 번은 술집을 찾았다.

드워프라면 매일 밤 술을 마시고, 술을 마신 뒤에도 대장장이 일을 하는 법이지만 그녀는 사흘에 한 번이었다.

혼자 오지는 않는다.

반드시 그런다고 할 수 있을 만큼, 한 여성을 데려왔다.

"아, 카르메라 누님도 같이 온다잖아."

"최근에는 말이야."

프리메라가 처음으로 카르메라를 찾아간 것은 무신구제가 끝난 다음날이었다.

프리메라는 술병 하나를 한손에 들고서 카르메라의 공방을 방문했다.

그 후, 그녀가 카르메라와 어떤 대화를 나누었는지는 아무도 모른다.

하지만 그렇게 술집에 함께 와서 즐겁게 술을 나누는 모습을 보고, 평소처럼 싸우고서 끝났다고 생각하는 사람은 전무했다.

"결국에 오크의 영웅은 도반가 자매도 화해시켜버렸다는 건가."

"네가 할 수 있겠어? 그런 거."

"바보 같은 소리 마. 남들은 못 하는 일을 해낼 수 있으니까 영웅이란 거야."

두 드워프는 웃으며 양손으로 맥주를 들었다.

오른손의 잔을 들고 서로의 잔에 맞부딪쳤다.

"오크의 영웅에게."

왼손의 잔을 들고 서로의 잔에 맞부딪쳤다.

"도반가의 아이에게."

마지막으로 양손의 잔을 들고 만세를 부르듯이 서로의 잔에 맞부딪쳤다.

"건배!"

도반가 공의 밤은 오늘도 시끌벅적하게 깊어가는 것이었다.

ORC HERO
STORY
# 오크 영웅이야기
## 촌탁열전

# 에필로그

배시가 도반가 공을 떠나고 한 달이 지나려는 참이었다.

그동안에 돈조이는 다른 오크들을 이끌고 도반가 공을 출발, 시와나시 숲을 통과해서 무사히 오크의 나라로 돌아왔다.

돌아왔을 때는 큰일이었다.

여하튼 죽었다고 생각하던 자들이 갑자기 돌아왔으니까.

오크 킹 네메시스는 그들을 "추방자 오크가 무리를 지어서 오크의 나라로 쳐들어왔다"라고 판단, 즉각 방어선을 쳤다.

추방자 오크를 허락하지 않는 전사들과 오랫동안 노예로 붙잡힌 상태에서도 계속 싸웠던 전사들. 양쪽 모두 물러나지 않고 하마터면 충돌하려는 참에 돈조이가 배시의 이름을 꺼내어 상황은 급속하게 수습되었다.

오크의 나라 전사들은 여행을 떠난 영웅의 위업을 듣고서 자랑스럽게 느끼고, 돈조이 일행 역시도 자신들을 구하고자 했던 것이 배시의 독자적인 판단임을 알고서 가슴이 뜨거워졌다.

그리하여 도반가 공의 오크 노예 문제는 완전히 해결되었다.

그로부터 한 달,

"그때 찾아온 것이 우리의 영웅 배시였지! 그 녀석은 대회에 나오자마자 출전자 전원의 간이 떨어지게 만들었어! 일격이야. 모든 적을 일격으로 쓰러뜨리고 당당하게 결승전까지 활약했단 말이야! 우리로서는 배시가 상대를 일격으로 쓰러뜨리는 건 너무나도 당연해서 코털을 뽑는 일이나 마찬가지이지만, 녀석들은 그렇지 않아. 특히 젊은 드워프들은 얼굴이 아주 새파랬지. 저 오크는 뭐냐, 저런 녀석이 이 세상에 있었느냐! 다만 나이 먹은 드워프 녀석들도 새파래진 건 마찬가지야! 전장에서 배시가 어땠는지 아는 녀석이 어찌 파랗게 질리지 않겠느냐고!"

돈조이는 양손으로 술을 들며 술집에서 자랑 이야기를 늘어놓고 있었다.

주위에 모여 있는 것은 젊은 오크들이었다.

그들은 모두 돈조이의 이야기를 듣고 싶어 했다.

여하튼 몇 년이나 드워프에게 붙잡힌 상태에서도 자력으로 탈출한 오크 전사다.

배시 정도는 아니지만 영웅적인 존재라고도 할 수 있었다.

그런 그의 이야기를 듣지 않을 수야 있겠는가.

오크는 자랑하는 것을 좋아하지만 남의 자랑 이야기를 듣는 것 또한 좋아했다.

"……허나 부끄러운 이야기지만, 나는 배시가 왔을 때는 긍지를 잊고 있었어. 빨리 이 상황에서 빠져나가고 싶었지. 빠져나갈 수 있다면 추방자 오크로 전락해도 된다, 멋없는 짓거리든 명령 위반이든 뭐든 하겠다고 생각했어. 그러니까 부끄러운 줄도 모르고서 배시한테 부탁을 해버렸다고…… 내 여자를 줄 테니까 결승전에서 일부러 져달라고."

하지만 돈조이의 이야기에는 결코 자랑만 존재하지 않았다.

굳이 따지자면 얼마나 자신이 어리석고 부끄러운 줄도 몰랐는

지를 설명하는 내용이었다.

"어…… 그, 그거, 배시 씨는 뭐라고?"

"당연히 그 자리에서 거절당했지! 돈조이, 너도 오크라면 원하는 건 싸워서 빼앗아라! 라고!"

"오오오오!"

"그래서 나도 눈을 떴어. 확실히 배시는 강적이야. 이길 수 있는 상대가 아니지. 하지만 그렇다고 도망쳐서는 오크의 이름이 땅에 떨어진다고. 그렇지. 나는 노예 신분에서 도망치고 싶었던 게 아니라, 제대로 된 오크로 돌아가고 싶었던 거야. 제대로 된 오크로 돌아가고 싶다면 되찾아야 하는 건 자유가 아니라 긍지다! 라고."

하지만 그리고는 긍지를 되찾는 모습에서 젊은이들은 떨었다.

오크의 자랑 이야기에서 좀처럼 없는 완급 조절이었다. 흥분하지 않을 리가 없었다.

돈조이는 오크가 아니었다면 음유시인이라도 될 수 있었을 것이다.

"그래서, 그래서 어떻게 됩니까?"

"결승전에서 나는 배시와 싸웠어! 배시는 역시나 영웅이더라고. 내게 이길 수 있는 길을 남겨주었지. 평범하게 생각하면 힘을 조절했다고 그럴 수도 있겠지만 그 공세는, 그 살기는 진짜였어. 힘을 조절하기는 했을 테지만 이걸로 질 거라면 오크도 아니니까 죽어라, 그러는 것 같은 검격이 굉음을 내며 덮쳐들었다고! 혹시 내가 배시의 말에 눈을 뜨지 않았다면 확실하게 죽었을 거야! 하지만 나는 오크답게 정면으로 당당하게 싸웠지. 뼈가 부러지고 피가 튀고 다리가 부들부들 떨려도, 방패를 바꿔 들고 그렇게 바꿔 든 팔도 부러지고 그러고서도 계속 전진해서 혼신의 일격을 펼쳤지!"

그러고서 돈조이의 이야기 내용은 배시에 대한 리스펙트로 넘쳐났다.

오크 젊은이들은 모두 배시를 존경한다.

존경하는 남자가 활약하는 이야기를 듣고 재미없을 리가 없다.

"그리하여 우리는 노예에서 해방됐어. 하지만 굉장한 건 그때부터야. 우리는 도반가 공을 나와서, 시와나시 숲을 통과해서 여기로 왔지. 시와나시 숲, 그래, 엘프의 숲이야. 우리는 절반이 낙오될 각오를 했어. 여하튼 엘프의 숲. 오크를 싫어하는 선더 소니아의 영지지. 싸움은 피할 수 없어……."

"꿀꺽…… 어, 어떻게 됐습니까?"

"그냥 통과했어. 물론 교활한 엘프들이 잠자코 있었던 건 아니야. 우리가 국경 근처에 나타난 순간, 군대를 데리고서 막아섰어! 하지만 아무래도 분위기가 이상하잖아. 오크를 보자마자 안 보이는 곳에서 화살을 쏘아댈 녀석들이 이상하게 허둥대더라고. 끝내는 지휘관이 나왔어! 어떻게 된 일이냐고! 우리는 맥이 빠진 상태에서도 사정을 이야기했지. 그리고 배시의 이름이 나온 순간, 녀석들은 길을 비켜줬어! 놀랍지! 우리가 모르는 사이에, 배시는 녀석들을 완전히 굴복시켜버린 모양이더라고!"

"그러고 보니 최근에 킹이 무슨 말씀을 하셨죠. 엘프 사자가 와서 감사의 표시로 식량을 두고 갔다나."

"아하하, 식량이 아니라 여자를 두고 갔다면 좋을 텐데!"

나는 굉장하다, 하지만 배시는 더욱 굉장하다, 그런 녀석은 달리 없다.

마치 그러는 것 같은 말투는 오크들이 높은 긍지를 느끼게 만들었다.

『오크 히어로』배시는 오크의 나라에서 나가서도 영웅으로서의 길을 걷고 있다.

오크 전사의 긍지가 어떠한 것인지를, 전쟁이 끝난 뒤에도 다른 종족에게 보여주고 있다.

그 이야기를 듣고 기쁘게 생각하지 않는 오크는 없었다.

돈조이는 배시에 대해 이야기하면서도 생각했다.

"그보다도 배시 씨, 그런 일만 하고 여자는 어쩌는 걸까요? 제대로 하고 있을까?"

"이 바보가! 너 따위가 걱정할 필요는 없어. 도반가 공에서도 배시는 제대로 여자를 사로잡았다고! 나는 그 녀석이 드워프 중에서도 월등하게 귀여운 아이랑 같이 있는 걸 봤지!"

"진짜입니까! 역시 배시 씨!"

"엘프도 그 상황을 보면 한 손으로 셀 수 없을 정도는 범했을 테지. 엘프를 굴복시키고서 범하지 않을 리가 없잖아."

"하지만 그건 괜찮을까요? 킹의 명령으로 합의 없는 성교는 금지되어 있을 텐데……."

"괜찮지 않다면 엘프들이 잠자코 있을 리가 없잖아?"

"확실히! 배시 씨 정도 되면 엘프 쪽에서 안기러 오는 건가요······ 굉장해."

"내기해도 돼. 그 녀석이 여행에서 돌아올 때, 사슬로 묶이고 배가 부푼 여자를 열 명은 넘게 데려올 거라고!"

"그야 내기가 안 된다고요. 저도 그쪽에 걸 테니까!"

"아하하하하!"

술집에 웃음이 메아리쳤다.

그것은 오크의 나라에서는 드물지도 않은 웃음이었지만 돈조이에게는 오랜만인, 진심에서 나오는 웃음이었다.

## 후기

　여러분 격조했습니다. 리후진 나 마고노테입니다.

　우선은 이 자리를 빌려서 『오크 영웅 이야기』 제3권을 손에 들어주신 여러분께 감사를 드리겠습니다.

　여러분, 정말로 감사합니다.


　이번에도 기운차게 3권을 쓴 계기라도 써볼까 했습니다만, 생각해보면 1, 2권 계속해서 계기만 적었습니다. 두 번 있는 일은 세 번 있다고 합니다만, 같은 일을 세 번이나 계속해서는 재미가 없죠.

　그러니까 근황 보고 쪽으로 가보겠습니다.

　때는 2021년. 세계는 예의 바이러스에게 침식당하여 멸망의 위기에 처해 있습니다.

　일의 발단은 예의 바이러스 변이종이 오메가에 도달하고, 그 후에 별자리 이름을 빌린 뒤, 여덟 번의 변이를 거쳐서 바르고라고 명명되었을 때…… 아니, 굳이 말하자면 제미니 때부터 전조는 있었다고 해야 하겠죠.

　제미니 변이는 고양이와 쥐와 개에게 감염되는 능력을 얻은 바이러스였습니다.

　증상은 무척 쉽게 알 수 있어서, 발병 후 사흘이면 그런 작은 동물은 흐물흐물 무너져서 움직이는 고깃덩어리로 변하는 것입니다. 체내에서 바이러스가 지나치게 증식한 결과로 육체가 변이를 일으키는 것이라고 텔레비전에 나온 전문가가 말했습니다만, 진상은 알 수 없습니다.

고깃덩어리가 내쉬는 숨결에는 예의 바이러스가 다량으로 포함되어, 공기 감염으로 인간에게…… 다행히도 인간에게 감염된 경우에는 기존의 증상이 나올 뿐이었습니다.

그것이 바뀐 것이 바르고 변이.

그렇습니다, 바르고 변이는 인간의 뇌에 감염되어 뇌를 고깃덩어리로 만들고, 그대로 그 인간을 조종해서 다른 인간을 감염시키는 행동을 반복하는 것입니다.

세계가 바르고 변이의 존재를 알아차렸을 때는 이미 늦었습니다.

전 세계의 주요 도시에서는 바르고 변이에 감염된 인간이 넘치고, 완전히 세계가 붕괴했습니다.

남은 인간은 모두가 가스 마스크를 쓰고 지하로 들어갔습니다.

이미 지상은 완전히 예의 바이러스가 지배하고 있었으니까요.

그 후로 길고 괴로운 시기가 이어지고 저희는 우주선 한 기를 발견했습니다.

자세한 내역은 알 수 없지만 예의 바이러스가 감염되기 시작했을 무렵부터 만들어진 물건인 것 같습니다. 용도는 불명입니다만.

어쨌든 저는 백이십 명의 생존자와 함께 우주선을 타고 지구를 탈출했습니다.

그 후로 긴 시간을 냉동 수면으로 보내고 지금은 힐베르트 은하 미사키 성계의 도로스라는 행성에 도착, 그곳에서 살고 있습니다.

은하나 성계, 행성의 이름은 각각 승무원의 이름을 붙였습니다.

그런 도로스에서의 생활에서 제 역할은 오락 소설을 쓰는 것. 저는 판타지만 계속 썼습니다만, 모두가 바라는 것은 역사물이나 현대물이었습니다. 다들 지구의 추억에 굶주렸던 것이겠죠.

다만 미스터리는 그다지 즐기지 않았습니다. 우주선 안에서의 불화가 떠오르기 때문이겠지요. 예의 바이러스가 사람의 천적이 된 지금도, 역시나 사람은 사람의 천적이었던 것입니다. 도로스에 도착했을 무렵에 승무원은 쉰 명 가까운 숫자까지 줄어들었습니다만, 대부분은 사람과 사람의 분쟁으로 죽은 것입니다.

행성 도로스의 생활은 조촐하지만 희망으로 넘쳐났습니다.

집을 만들고, 밭을 만들고, 동물을 길러 가축으로 삼고, 조금씩 생활권을 넓혔습니다.

행성 도로스에 천적은 없어서 저희 인간이 어떻게든 인구를 늘릴 전망이 생겼을 무렵, 그것은 벌어졌습니다.

하늘에서 고깃덩어리 하나가 떨어진 것입니다.

그것은 저희에게 익숙한 모습이었습니다. 그렇습니다, 바르고 변이에 감염된 사람의 모습입니다.

다만 그때가 무슨 변이였을지는 모르겠습니다. 틀림없이 예의 바이러스도 진화했을 테니까요. 그들의 감염력에는 그저 놀랄 뿐입니다.

그들은 몸 안에서 생성된 혹에서 무언가를 토해내며 사람들을 덮쳤습니다.

그리고는 여러분이 상상하시는 그대로입니다.

사람들은 만드는 중이던 콜로니를 내버리고 뿔뿔이 흩어졌습니다.

저는 몇 명인가 같이 도망쳤지만 정신이 들자 혼자였습니다.

그 후로 며칠이 지났는지 모르겠습니다. 지금은 콜로니 안에 만든 셸터 안에서 홀로 살고 있습니다.

다만 그런 불행 중 단 하나 좋은 일이 있었습니다.

모두를 위해서 소설을 쓸 필요가 없어진 것입니다. 역사물이나 현대물을 쓰는 것은 싫지 않았지만 어깨의 짐을 내려놓은 기분이었습니다.

그래서 저는 예의 바이러스가 만연하기 전에 쓰던 『오크 영웅 이야기』 후속권을 쓰기 시작했습니다.

그리하여 쓴 3권을, 초시공 통신으로 지구의 인터넷에 올리고 있습니다.

지구에 대체 어느 정도의 인간이 살아남았는지 모르겠습니다만, 혹시 이 소설을 발견하신 분께서는 모쪼록 즐겨주신다면 좋겠습니다.

저는 3권을 무사히 썼으니, 셸터에서 나가서 식량을 찾으러 다녀오겠습니다.

안에 남아 있던 휴대용 식량도 얼마 없으니까, 움직일 수 있을 때에 움직여야만 합니다.

돌아온다면 다음 권을 쓸 생각입니다.

뭐, 길어졌습니다만······.

이번에도 멋진 일러스트를 그려주신 아사나기 씨, 『무직전생』일 때문에 주력하지 못하여 많은 폐를 끼쳤습니다 편집 K 씨, 그 밖에 이 책에 관여해주신 모든 분. 그리고 소설가가 되자 쪽에서 갱신을 기다려주시는 독자 여러분.

이번에도 정말로 감사합니다.

제가 살아서 돌아올 수 있다면, 4권에서 만나죠.

리후진 나 마고노테

ORC EIYU MONOGATARI Vol.3 SONTAKU RETSUDEN
©Rifujin na Magonote, Asanagi 2021
First published in Japan in 2021 by KADOKAWA CORPORATION, Tokyo.
Korean translation rights arranged with KADOKAWA CORPORATION, Tokyo.

# 오크 영웅 이야기 3 ~촌탁 열전~

2022년 10월 14일 1판 1쇄 발행

저　　　자 리후진 나 마고노테
일러스트 아사나기
옮 긴 이 손종근
발 행 인 유재옥
본 부 장 조병권
담당편집 정영길
편 집 1 팀 김준균 김혜연 박소연
편 집 2 팀 정영길 조찬희 박치우 정지원
편 집 3 팀 오준영 곽혜민 이해빈
미　　　술 김보라 박민솔
라이츠담당 맹미영 이승희 이윤서
디 지 털 박상섭 김지연
발 행 처 ㈜소미미디어
인쇄제작처 코리아피앤피
등　　　록 제2015-000008호
주　　　소 서울 마포구 토정로 222, 403호(신수동, 한국출판콘텐츠센터)
판　　　매 ㈜소미미디어
마 케 팅 한민지 최정연 박종욱
물　　　류 허석용
전　　　화 편집부 (070)4164-3962, 3963  기획실 (02)567-3388
　　　　　　　판매 및 마케팅 (070)4165-6888, Fax (02)322-7665


ISBN 979-11-384-1426-5 04830
ISBN 979-11-384-1035-9 (세트)